JUN 0 5 2023

PRINCESA
DE
MÁRMOL
Y
CRISTAL

PRINCESA

DE

MÁRMOL

Y

CRISTAL

MALENKA RAMOS

TITANIA

Argentina • Chile • Colombia • España
Estados Unidos • México • Perú • Uruguay

1.ª edición Junio 2019

ISBN: 978-84-16327-71-3
E-ISBN: 978-84-17545-94-9
Depósito legal: B-13.592-2019

Fotocomposición: Ediciones Urano, S.A.U.
Impreso por Romanyà Valls, S.A. – Verdaguer, 1 – 08786 Capellades (Barcelona)

Impreso en España – *Printed in Spain*

Con cariño, para mi familia.

Para Joan Bruna, el primero que leyó esta novela.

Para Elena Aranda, por ese magnífico análisis de mi obra;
lo guardo de recuerdo desde entonces.

Jezebel no nació con una cuchara de plata en la boca.
Ella probablemente tenía menos que cualquiera de nosotros,
pero, cuando aprendió a andar, aprendió
a derribar la casa.
No puedo culparla por su belleza,
ella gana sin proponérselo.
Jezebel, ¡qué belleza!
Parece una princesa con su vestido nuevo.
—¿Cómo lo conseguiste?
—¿De verdad lo quieres saber? —preguntó.
Podría parecer que está en su camino.
Es más, más que un simple sueño.
Se puso sus medias y sus zapatos.
No tenía nada que perder, dijo que merecía la pena.
Alcanza la cima
y el sol brillará.
—Cada invierno era una guerra —decía—.
Quiero conseguir lo que es mío.

Extracto de la canción *Jezebel*, de Sade

1

Hace tan solo una semana desde la última vez que te vi.

Hoy me siento en la misma mesa del mismo café donde te conocí; donde me preguntaste qué hacía sola en un lugar tan oscuro. Sonreí. Hubiera sido fácil alargar aquella noche, coger tu mano y llevarte conmigo a algún rincón donde no te oyeran gritar. A fin de cuentas, eras uno más entre todos aquellos hombres que a las tres de la mañana sueñan con terminar su caza en un hotel de carretera, bajo unas sábanas ajenas y hastiadas por las horas pagadas. Pero te permití vivir, dejé que me pagaras una copa y me deleitaras con la narración de una vida llena de falsas promesas y gloriosos triunfos inventados. Es sencillo mentir a una desconocida. Ella jamás lo sabrá.

Me gustó tu estilo. Aun borracho lo mantuviste y eso me agradó. Quizá no eras como los demás y quizá por eso te dejé vivir. No lo sé. Tus mentiras de príncipe de cuento dieron paso a las verdades y, poco a poco, me fuiste desvelando tus debilidades. Me confesaste que estudiabas las mentes de aquellos que, como yo, no son como los demás. Te miré sorprendida porque me resultaste interesante, aunque ya lo sabía todo de ti. Pensé que sería maravilloso que alguien me analizara, que alguien pudiera decirme por qué hago lo que hago.

Te susurré algo al oído, no recuerdo bien qué y aprovechaste mi roce para mirarme los labios. Te odié durante un instante. Tan solo en unos momentos de lucidez.

Hoy te escribo una carta en un papel en blanco. En el mismo café en el que te vi y donde te dejé vivir. Fuera del cual sé que, tras algunas dudas, al levantarme de tu lado y huir de ti, me seguiste. Te aventuraste a pasear tu borrachera detrás del sonido de mis tacones. Te oía detrás de mí. No estaba dispuesta a darme la vuelta y sorprender tu arrogancia, así que dejé que me siguieras. Dejé que averiguaras por qué me detuve al oír una voz que salía de uno de los callejones perpendiculares a nosotros, vacilaste cuando dejé escapar una sonrisa ante aquel hombre tan lleno de vida. Claro que lo viste, claro que te preguntaste qué tipo de locura dio pie a ceder ante aquel extraño en vez de huir aterrada. Me olvidé de ti unos instantes. Solo me arrastraba el deseo de abrazar aquel delicado y a la vez fuerte cuerpo entre mis brazos, y así lo hice. Pobre hombre, ¿verdad? No sabía que su vida se apagaría en el mismo momento que yo le tendía mi mano con una sonrisa para que me siguiera. Él, que creía que su noche acabaría entre gritos de placer bajo el cuerpo de una mujer, no podía saber que mi mano le conduciría a un placer eterno. Me deleito con este tipo de inocencia de niño.

Permíteme decirte que mi desviación no se analiza con tus metódicos experimentos. Una mujer inteligente no deja sus telas de araña al alcance de cualquiera, por eso te explico cada instante qué viste aquella noche. Honro tu carrera con mi confesión y me deleito de mis actos para que veas que no es el arrepentimiento lo que me impulsa a hacer esto, sino mi propio orgullo y mi necesidad de ti.

¿Y qué más puedo decirte, si no es que disfruté de la muerte de ese hombre que luchaba por vivir entre mis brazos? Mi veneno lo invadió como un torrente, sus venas se llenaron de un licor con olor a muerte y dejé que pataleara entre mis brazos, dejé que suplicara que le permitiese vivir mientras tú observabas aterrado la imagen.

—Vamos —susurré—. Dime qué ves. ¿Son las puertas del cielo tan bellas como las describen en los libros? ¿Ves a Dios? ¿Te ha perdonado por tus pecados?

Necesitaba que me contara qué había más allá de la muerte, pero sus convulsiones acabaron mi trabajo y su corazón se apagó antes de que pu-

diera decirme nada. La rabia se apoderó de mí, y el despecho por el ser tan débil que había destrozado hizo que me levantara del suelo y saliera corriendo, deseando perderme en la noche; pero algo me frenó: tu voz. Me giré y te vi temblando. Me mirabas desde un ángulo oscuro de la calle, defraudado por mi acción.

—¿Qué has hecho? —me preguntaste—. ¿Lo has matado? ¿Por qué?

Esbocé mi mejor sonrisa y caminé hacia ti creyendo que saldrías corriendo en cualquier momento, pero no fue así y volviste a sorprenderme una vez más.

—Dímelo tú, que eres el médico —susurré—. ¿Quién si no es capaz de decírmelo? —Te acaricié el rostro con mi mano y percibí el terror que inundaba tus huesos y tus entrañas.

—Necesitas ayuda —afirmaste sujetándome la mano con fuerza—. No estás bien.

Pero algo frenó tu brusquedad. Contemplaste mi brazo largo y delgado mientras yo mantenía la mirada en tu rostro. Repasaste cada poro de mi piel como si fueras a comprar una joya y quisieras cerciorarte de que era auténtica. Buscabas una razón a mi monstruosidad, pero no la hallaste.

—¿Por qué lo has hecho?

—Porque no merecía vivir. Ninguno de ellos merecía vivir —contesté con soberbia, liberándome de ti.

Seguí tus movimientos como un depredador sigue a su próxima víctima, observando que tu curiosidad era mayor que tu miedo. No dije nada, tan solo alargué mi mano y te obsequié con mi confianza.

—Ven conmigo. —Agarré tu mano temblorosa y, sin saber muy bien por qué lo hacías, te dejaste guiar por mis pasos—. No te voy a hacer nada —volví a susurrar—. A ti no.

No dijiste nada, ni siquiera te quejaste por la fuerza que mi mano ejercía sobre tus dedos. Te llevé a mí hogar, una casa antigua y apartada, rodeada de árboles y cubierta de enredaderas. Una casa tan solitaria y vacía como yo. Tú me mirabas atónito, esperando que en cualquier momento hiciera gala del poder que ostentaba, que hiciera contigo lo mismo que había hecho con aquel hombre.

—Sigo sin entender qué ha pasado ahí fuera —dijiste en un susurro—. No... No tiene sentido. Ese hombre... Tú...

Te miré mientras me quitaba la chaqueta, la colgué del perchero de madera de la entrada y, haciendo caso omiso a tus palabras, te guie por el amplio pasillo que daba al salón. Observaste las llamas que emanaban de la chimenea, los cuadros de las paredes, y temblaste cuando te ofrecí una copa. Te dediqué un gesto cordial e hice que te sentaras en una de las butacas de terciopelo rojo.

—Era un hombre perverso. Bajo su espalda pesaba demasiada muerte. Yo no he sido la primera...

Me observaste aturdido, el alcohol hacía mella en tu organismo. No tenía sentido contarte nada más... Quizá ya no recuerdas aquella noche, quizá no identifiques mi rostro si vuelves a cruzarte conmigo en algún momento. Por eso te escribo esta carta, para honrar tu carrera con mi confesión. Hoy hace una semana que te conocí y necesito contarte por qué soy así. Quizá cuando me analices, cuando conozcas los hechos que me llevaron hasta ti, te des cuenta de que todo lo que has escrito, estudiado y vivido no es más que un espejismo. Necesito que me ames, señor Ross. Necesito que me ayudes.

Siempre tuya.
Salomé

2

Era cierto que no recordaba nada de aquella noche. Solo sé que había bebido cantidades ingentes de alcohol y había paseado por la calle Riera sin rumbo fijo, hasta acabar sentado en aquellos sillones de terciopelo escuchando a una triste Sade de música de fondo. Tampoco pude precisar cómo había regresado a mi casa y si había sido capaz de dormir sin interrupciones.

Siempre despertaba varias veces de madrugada. En realidad, estaba seguro de que nunca sería capaz de dormir de un tirón aunque me tomara un bote entero de pastillas o me bebiera una botella del mejor ron añejo. Las últimas noches no habían sido diferentes a ninguna otra. Quizá eran las dos de la mañana cuando conseguía conciliar el sueño, mientras la ruleta de la suerte giraba por decimoquinta vez en uno de esos programas repetidos que ponían en el canal 24 horas.

Me levanté mareado y miré el reloj de la mesita: las dos de un sábado plomizo. Me tomé un café cargado con la intención de despertar y encendí los noticiarios del mediodía. Ahí estaba él. Todo vino a mi mente poco a poco mientras las imágenes se amontonaban en mi cabeza torpemente. En la pantalla se veía un cuerpo tapado por una manta metalizada, un grupo de policías alrededor y una muchedumbre agolpada a ambos lados de las barandillas amarillas. Una hilera de fotógrafos amenazaba desde la primera fila con derrumbar las protecciones mientras una mujer de unos treinta años y el pelo pajizo sujetaba un micrófono y oteaba el entorno para no ser arrastrada por la masa.

—Este es el segundo crimen en este mes relacionado con el entorno del empresario Markus Pastrana —gritaba la reportera mirando a cámara—. Parece ser que el cuerpo del hombre que vemos detrás es el de Arturo Coelho, uno de los socios del empresario, amigo íntimo suyo. Con esta muerte, son dos los hombres del entorno de Pastrana que fallecen en extrañas circunstancias en poco tiempo, ya que hace tan solo unas semanas, otro de sus socios apareció muerto en su cama, sin que se hayan podido determinar las causas del deceso. En el presente caso, los primeros indicios descartan la muerte violenta y el robo, y todo parece indicar que un paro cardiaco ha acabado con la vida de este hombre, que ha sido descubierto por un trabajador del ayuntamiento cuando realizaba tareas de saneamiento en las inmediaciones de la calle Riera. Les recordamos que Pastrana sigue en la cárcel provisionalmente en espera del juicio que se celebrará el próximo mes de abril. Pastrana está acusado de malversación de fondos, es sospechoso de tráfico de armas y se le relaciona con la desaparición de dos jóvenes. El fiscal Jeremías Meza afirma que Pastrana permanecerá en prisión a espera de juicio sin fianza.

Subí el volumen de la televisión y me puse otra taza de café cargado. Una no había sido suficiente, no ese sábado. La muchedumbre seguía detenidamente al juez, los policías se apresuraban a levantar el cadáver y varios reporteros metían el micrófono por la cara del que parecía el jefe de policía, un hombre de mediana edad embutido en una gabardina parda.

—¿Cree que Pastrana ha podido silenciar a sus socios de esta manera? —preguntó la reportera al tiempo que varias manos incrustaban las grabadoras entre ella y el policía.

—No parece un asesinato, señores. Y en estos momentos no podemos dar ninguna información. Por favor, déjenme pasar —respondió avanzando por el lado derecho del tumulto.

Me quedé inmóvil en la cocina hasta que terminó la noticia y la mujer del tiempo recordaba a la población que ese fin de semana iba a llover. Di un sorbo al café. Si la crítica del periódico no hubiera masacrado mi ego, no habría bebido tanto aquella noche. Mi libro, *La conducta criminal*, había sido tachado de mediocre y vulgar, y no porque estuviera mal escrito —llevo muchos años escribiendo libros que se usan en todas las facultades de Psicología y Criminología—. Aquel maldito crítico, al que odiaba desde que había publicado mi primer libro, me tachaba de falto de sentimiento hacia las víctimas, excesivamente metódico y frío. Había dicho que mi estudio sobre la conducta era uno de tantos manuales para criminólogos que permanecería en el olvido en las estanterías. Cárcaba, ese era su apellido; del nombre ni me acuerdo. Creo que coincidí con él más de una vez en alguna de mis conferencias, que por cierto me pagaron siempre de maravilla, todo hay que decirlo.

El resto del fin de semana no hice nada fuera de lo normal. Desde que había dejado mi relación con Rita, pasaba muchas horas delante del ordenador escribiendo, en el sofá leyendo algún libro interesante de novela negra y muy de vez en cuando intentaba aparecer por el gimnasio. No soy un veinteañero y, aunque me conservo bien para tener cuarenta años —al menos eso quiero pensar—, todo tiene su sacrificio. Lo cierto es que mi fin de semana fue casi tan aburrido como la semana que lo continuó, y el fin de semana siguiente hubiese sido igual si no fuera por un detalle: la carta de Salomé. Hasta aquel momento había creído que lo que me había estado rondando la cabeza era parte del sueño de un borracho, una mujer de no más de cincuenta y pocos kilos a duras penas puede con un niño, y ella había terminado con la vida de un hombre de más de noventa sin apenas inmutarse para luego dirigirme una mirada furtiva y sonreírme. ¿Ayudarla? ¿A qué? Recordé lo que me había dicho, en la carta lo ponía. Ella no era la primera, pero ¿lo conocía?

Me estaba volviendo loco. Releí la carta de nuevo y cogí uno de los periódicos de la semana. Otra vez las noticias sobre el caso Pastrana confirmaban que Coelho había fallecido por un infarto, posiblemente por el nivel de cocaína que había tomado aquella noche.

«¡Mentira, fue por su veneno! Yo lo vi y lo ponía en su carta», pensé.

Encendí el televisor en la cocina y un debate sensacionalista emergió bajo las voces desquiciantes de los dos bandos: «¿Merecían morir esos hombres? ¿Sí o no? Era gracioso, los dos eran hombres detestables, pero ¿quién puede juzgar eso sino Dios?».

La cabeza me iba a estallar. Ya en el salón, me recosté en la butaca y miré la foto de Rita. Su pelo rubio, sus ojos verde oliva y su sonrisa. Recordé la tremenda bronca que habíamos tenido la noche antes de que se fuera, o más bien de que la echara de mi lado.

—¡Tu maldito trabajo apenas te deja tiempo para mí! ¡Samuel, tengo treinta y cinco años, quiero formar una familia, ser madre! —me gritaba con los ojos vidriosos al pie de la escalera—. ¡Ni siquiera me estás escuchando, maldita sea!

—Rita, se trata de mi carrera... No es el momento.

—¡Tu carrera, tu carrera! ¿Y qué pasa conmigo? ¿Qué pasa con mi carrera? ¿Te crees que mi carrera no es igual de importante para mí? ¡Dios, Samuel, eres un egoísta! ¡El maldito dinero te está cambiando!

¡Qué estupidez! El dinero no era la razón de mis ansias. Unos días antes, había firmado un contrato con una editorial para presentar mi libro sobre los asesinatos en serie de la calle Albatros. Yo había ayudado a descubrir al asesino analizando su conducta. ¿Por qué? Porque el sujeto en cuestión era una mujer y nadie habría imaginado bajo ningún concepto que una mujer hubiera sido capaz de cometer aquellos crímenes hasta que yo había trazado un posible perfil. Hombres y mujeres con un tiro a bocajarro en mitad de algún callejón que le recordaban indudablemente algún rasgo de su lamentable infancia de abusos. Pero María Paula, la asesina, no era un perfil fácil de comprender. No tenía ni cuarenta años y su peso no pasaba de los sesenta kilos. Era una mujer ejemplar, una amiga ejemplar y una novia ejemplar, hasta que salía a pasear, como bien confesaría posteriormente, y las voces le decían que debía matar. Matar al hombre de pantalones vaqueros y ojos color miel como los de su padrastro. Matar a la mujer de cabello negro y largo como el de su madre. La relación familiar era el eje que hacía girar su psicopatía. Todos aquellos individuos que tuvieran un detalle físico similar al de sus padres despertaban en ella una realidad distorsionada del mundo que la rodeaba. Y entonces había surgido el pánico entre la población: si María Paula podía matar, si ese rostro cándido de ojos verdes y pelo castaño que parecía la viva expresión de la inocencia podía hacerlo... ¿quién no? Los medios comenzaron a enfatizar todo: «¿Han pensado si su buen vecino no podría ser un asesino en serie? ¿Acaso esa hermosa ama de casa con tres pequeños en el parque no podría ser la próxima asesina sanguinaria?». Dos programas de radio se rifaban mi participación en los coloquios matinales, y todo esto en tan solo unos meses.

No, no era el dinero, era mi trabajo.

—No era nuestro momento, querida mía —susurré en la penumbra—. Ni siquiera sé si tendré otro momento para mí.

Ese mismo día, tras recibir la carta, me desperté de repente en mitad de la noche, sobresaltado por algo. Miré a mi alrededor: la casa estaba totalmente a oscuras. Debían de ser más de las dos de la mañana, o eso pensaba. Me había quedado totalmente dormido en el salón, en una de las butacas raquíticas tapizadas en piel marrón. Aquella habitación estaba unida a un pequeño despacho a través de una puerta corredera que siempre estaba abierta. Contemplé la oscuridad. Extendí el brazo, di la luz de la pequeña lámpara de sobremesa y el corazón me dio un vuelco. En la otra butaca anexa a mí, contemplándome fijamente con mirada afilada, estaba la mujer de la otra noche, la asesina de Coelho: Salomé.

—¿Pero qué demonios? —Me incorporé de golpe en el asiento—. ¿Cómo has entrado en mi casa?

—Cálmese, señor Ross, no vengo a hacerle daño. Si hubiera querido matarle, lo podría haber hecho la noche que lo conocí. Tampoco le hubiese escrito esa carta.

Tenía una expresión melancólica. Miró hacia la ventana y se quedó ida más allá de los cristales y de las luces de las farolas de la calle principal. Yo estaba algo aturdido observándola. Llevaba un vestido de seda color gris con un grueso cinturón, unos finos zapatos de tacón y una chaquetita de punto a juego. Supongo que, ante ciertas circunstancias que no esperamos, uno reacciona del modo más extraño. Tengo la clara convicción de que, cuando nos burlamos de las reacciones en las películas de terror, la mayoría haríamos las mismas estupideces que hacen los protagonistas. Por ejemplo, analizar la ropa que lleva el intruso, que fue exactamente lo que hice yo.

Salomé suspiró y volvió a mirarme. Tenía unos hermosos ojos rasgados color marrón. Con el tiempo sabría que eran verdes y que incluso con el sol a veces parecían cambiar de color.

—Disculpe mi atrevimiento y mi forma de dirigirme a usted en la carta. No es mi amigo, no tengo derecho a tutearle como lo hice. Pero necesito que me escuche. Le prometo que, cuando termine lo que tengo que decirle, si aún desea que me vaya, lo haré.

—Esto es de locos. —Cogí mi paquete de tabaco y encendí un cigarrillo.

—Señor Ross, he sido sincera. Le contaré mi historia, le diré qué necesito de usted y, si aun así prefiere ir a la policía y entregar mi confesión, solo tiene que hacerlo —insistió. Me dirigió una sonrisa franca y prosiguió—: Le prometo que no le haré nada. Aunque no lo crea, no soy una asesina, al menos no me considero como tal.

Me dieron ganas de reír con mordacidad, pero consideré que no era lo apropiado dadas las circunstancias.

—¡Vamos, hombre! ¡Mataste a ese tal Coelho delante de mis narices! ¡Sale en todos los periódicos!

—Mire —me interrumpió con una voz pausada y tranquila—, usted tiene una maravillosa carrera. He leído todos sus libros: sus novelas, sus tratados sobre conducta criminal, sus manuales de psicología aplicada a la medicina forense... Todo. Si después de escucharme decide entregar mi carta a la policía, puede hacerlo, no me importa. Se lo juro.

La mención a mis obras y su forma de expresarse me dejaron más desconcertado de lo que estaba. Aquella mujer era todo un misterio para mí y era cierto que, si hubiera querido acabar conmigo, lo habría hecho la misma noche que la conocí.

—«Estudia las víctimas —recitó—, ellas guardan mucha más información de la que uno puede imaginar. Puede que no tengan nunca algo en común y que te encuentres con un asesino impulsivo y desorganizado que mata por matar sin un orden lógico; aun así, ya habrás aprendido algo de él. Ya tendrás un hilo del cual tirar, un pequeño perfil inicial o una idea del tipo de depredador al que te vas a enfrentar». Eso decía su libro —continuó—. Siempre me ha gustado su trabajo. Usted va más allá que cualquier investigador, sabe escuchar e intenta comprender lo que otros censuran.

Me levanté de la butaca, con la pierna derecha algo entumecida, me dirigí a un pequeño frigorífico lacado que tenía en uno de los armarios laterales sin perderla de vista ni un segundo y puse en dos vasos unas piedras de hielo. Estaba totalmente sorprendido y ni siquiera sabía lo que hacía, pero necesitaba moverme y, sin duda alguna, beber algo antes de volverme definitivamente loco.

—¿Ginebra? —pregunté—. ¿O prefieres otra cosa? Perdóname, yo prefiero tutearte, eres demasiado joven para no hacerlo.

—Perfecto —contestó con una leve vacilación.

Miré el reloj por primera vez. Tan solo eran las diez de la noche. Me parecía que había dormido una eternidad. Le ofrecí el vaso y ella lo cogió con delicadeza. Tenía una fina piel dorada que brillaba con fuerza bajo la luz de la lamparita. Me pregunté cómo alguien tan frágil y tan delicado podía haber ejecutado a aquel hombre con tanta frialdad; cómo un brazo tan delgado que apenas tapaba los huesos con la piel y aquellas manos exquisitamente cuidadas habían podido reducir a un individuo de aquellas proporciones. Tenía mucho que preguntarle, demasiadas dudas en mi cabeza.

«Tengo que cerrar con llave la puerta de mi casa —pensé—. Siempre la dejo abierta y un día me voy a llevar un susto... como este».

—Supongo que habrá visto las noticias y los periódicos —dijo de repente sacándome de mis ensoñaciones.

—Sí, ambas cosas. Hay opiniones de todo tipo. Algunos creen que merecían morir y otros no. Si no te importa, voy a grabar nuestra conversación. Será confidencial siempre que tú no tengas ninguna objeción. Es mi modo de trabajar.

Ella asintió. No parecía molesta. Rebusqué en el armario y saqué la cámara de vídeo y el trípode. Salomé se giró para ver lo que hacía y su expresión de calma cambió de repente.

—¡Oh, por favor, eso no! —exclamó nerviosa—. Tengo terror a las cámaras, no me gustan. Si no le importa, use un magnetófono, un teléfono o lo que demonios quiera.

—Está bien, tranquila.

Volvió a tornarse serena cuando apoyé la grabadora sobre la mesa. Tras comprobar que tenía pilas suficientes y un par de ellas más por si acaso, me volví a recostar en la butaca. Ella no dejaba de mirarme con aquellos ojos brillantes, las manos entrelazadas entre sí sobre su regazo y una ligera mueca de curiosidad.

—Señor Ross, lo que quiero decirle es que conozco todo su trabajo desde hace mucho tiempo. Siempre me gustó mucho leer todo tipo de libros. Le descubrí gracias a su segunda novela, *Noche oscura*, ¿sabe? La leí cuando vine a la ciudad, durante el largo trayecto en autobús. Me gusta su forma de ver las cosas desde el otro lado... El lado malo, ya me entiende.

Me quedé pasmado y volví a recordar al maldito Cárcaba. Si esa mujer me hubiera dicho antes lo que opinaba de mis obras, aquella noche seguramente no me habría emborrachado de forma tan grotesca. Aunque, en realidad, ni siquiera la habría conocido. Qué irónico, ¿verdad?

—Creo que los manuales y los tratados sobre conducta criminal acaban siendo todos iguales —manifesté—. Los estudiantes, amantes de la mente o como quieras llamarlos, buscan meterse en la cabeza de un asesino o de un demente para saber qué siente un hombre ante ciertas atrocidades que por alguna razón su cabeza le pide que ejecute. Solo soy fiel a mis principios, me da igual que quemen mis libros en las hogueras de San Juan.

Soltó una suave carcajada y me pidió permiso para coger un cigarrillo. Asentí y me sentí un poco más cómodo. Empezaba a aflorar en mí una inmensa curiosidad por ella, por su historia, por la forma tan delicada y sutil que tenía de expresarse, por la humanidad que por momentos detectaba en sus ojos y ese dolor tan palpable que le hacía inmensamente hermosa.

—Es usted un hombre muy inteligente —me miró y sonrió—, y tiene mejor aspecto de lo que creía. Dígale a su fotógrafo que las fotos que le hace para sus libros son una porquería. Contrate otro, hágame caso.

Me reí y apoyé el codo en el reposabrazos. Salomé dio una inmensa calada al cigarro y observó el humo flotando.

—Tengo una curiosidad en lo que respecta a tu carta. Dijiste al final que querías que te amara, que te ayudara. Ambas cosas son ambiguas.

—Si ama mi causa, si me comprende, me amará a mí. —Bebió de la copa muy despacio y prosiguió—. En cuanto al favor que quiero pedirle... es pronto para confesárselo; antes, como le dije, tengo que contarle mi historia para que entienda qué quiero de usted. Soy osada, lo sé. Usted no me conoce y no comprende nada. Tenga calma, señor Ross, si escucha y tiene paciencia, si pasa las suficientes horas conmigo para entender lo que tengo que decirle, tendrá una información única y privilegiada para escribir su próximo libro. —Bajó la cabeza y una inmensa tristeza se apoderó de ella—. Créame cuando le digo que llegará lejos con esto.

«Su causa...».

Aquella breve perorata me recordó una de mis muchas conversaciones con uno de mis profesores preferidos en la Universidad, Ramiro Bruna: «Cuando tenía tu edad —me había explicado una noche—, quería cambiar el mundo y toda esa maldad a la que desgraciadamente estamos acostumbrados, pero, mira, Samuel, cada día, cada semana, cada hora nace un individuo nuevo que, con el tiempo, se convertirá en lo que nosotros analizamos. Es imposible cambiar eso, no hay un estudio ni una prueba absoluta para saber diferenciar a un niño en su tierna infancia de otro que se convertirá en un asesino. Puede, sin embargo, que ese gen esté dentro de ellos, aunque realmente se considera que lo que hace que alguien se incline hacia el mal sea una mezcolanza de factores, no solo neurológicos o psicológicos, sino también socioculturales o incluso económicos, ya sabes. Quédate con ese detalle: un asesino fue un niño una vez. Un niño con una vulnerabilidad. Puede que ya la tuviera innata, que naciera con ella, ¿comprendes? Pero puede que la adquiriera por alguna razón a lo largo de su infancia o, sabe Dios, a lo largo de su adolescencia, pero siempre hay una causa. Venga de donde venga... siempre hay una causa, Samuel».

Me di cuenta en ese momento de que Salomé tenía razón. Las noticias y la prensa se volvían locas con el caso Pastrana. Yo tenía sentada en mi casa a la que, posiblemente, era la responsable de las dos muertes que anunciaban los periódicos, tenía delante de mí la clave de todo aquello. Disimulé mi repentina emoción y serví otra ronda de ginebra para los dos, si bien su vaso aún estaba lleno. Ella me miró con la misma expresión de dulzura que cuando la conocí y me dio las gracias. Una mujer de la calle no tenía tanta educación, no al menos en esta ciudad. ¿De dónde venía? ¿Qué tenía que ver con todo aquello? ¡Dios! ¡Tenía tantas preguntas que hacerle! Mientras fumaba tranquilamente mirando a través de la ventana, sentí miedo; no por ella, sentí miedo de que en cualquier momento decidiera levantarse y, arrepentida, desapareciera de allí. Yo no sería capaz de entregar aquella carta, era ridículo, posiblemente antes de que la policía la identificara habría desaparecido del país. Además, tenía paja y ella lo sabía.

Creo que ese fue el momento en que supe que ella ya lo sabía todo de mí.

—¿Preparado, señor Ross? —Apagó el cigarro y me miró.

—No —contesté encendiendo mi grabadora.

3

—Nací en un pueblo del norte del país, en Galicia. Los pueblos del norte tienen su encanto. Los pesqueros huelen a mar, a frescura y a marisco. Los que guardan una historia medieval huelen a misterio, a árboles, a leyendas. Mi pueblo era uno de esos pueblos con encanto, con historias y leyendas, rodeado de espesos bosques de castaños, encinas y tejos. Fui feliz durante años, al menos en mi infancia. Mi padre era un hombre humilde y sencillo con un pequeño negocio local que a duras penas le daba dinero para mantenernos. Y mi madre, una mujer soñadora. De ella heredé mi pasión por los libros, los largos paseos por la orilla del río y mi inclinación por las artes y por pintar. Sí, señor Ross, tengo un don para pintar. Crecí rodeada de pinceles, lienzos, acuarelas y pinturas. Mi madre era una artista frustrada encerrada en un cuerpo de un ama de casa ejemplar y una mujer respetuosa con el leve machismo de mi padre. En cuanto a mí, a medida que iba creciendo mi pasión por pintar, esta era directamente proporcional a mi impulsividad. Quería estudiar Bellas Artes en la Universidad de París, viajar por todo el mundo, conocer El Prado, el Louvre, Barcelona... Me conformaba al principio con ver todo el país y luego salir fuera e impregnarme del arte, de los pintores contemporáneos, de las galerías más importantes que todo el mundo conocía y veneraba. Soñaba despierta como cualquier niña, ¿sabe?, pero mi madre siempre me decía que no tenía por qué quedar en un sueño, que debía luchar por mi futuro y marcharme de aquel pueblo antes de que fuera demasiado tarde para mí. Supongo que ella deseaba fervientemente que yo hiciera lo que ella no fue capaz de hacer. Me suplicaba que jamás renunciara a mis ideales; que, si por alguna razón me enamoraba, debía seguir mi camino y que, si el hombre que estuviera conmigo me quería, lo entendería.

—Eso es algo que me resulta familiar —afirmé—. Tu madre es una mujer inteligente.

—Mi padre, en cambio, es un hombre mucho más tradicional. Cuando salía la conversación durante las cenas o comidas, me decía que bajara de la nube, que yo debía buscar un marido y un trabajo fijo que me permitiera vivir tranquila. Que no teníamos dinero para todas esas fantasías que le contaba —suspiró—. En el fondo tenía razón. Mi padre es un gran hombre, trabajador y humilde. Creo que sufría por no darme todo lo que yo anhelaba, por no poder ayudarme en mis sueños. Sé que sus enfados cuando yo sacaba el tema no eran porque no aceptara el hecho de que su hija quisiera ser independiente y una artista, sino que su rabia era porque no podía dármelo, aunque siempre se mantuvo en silencio. Al cumplir los dieciocho años, me senté frente a ellos una tarde de agosto. Jamás lo olvidaré. Les dije que quería irme a Madrid, que me pondría a trabajar dando clases de pintura y que, cuando ganara el suficiente dinero, yo misma me pagaría mis estudios. Era mayor de edad, podía tomar mis propias decisiones y, como mi madre siempre me había dicho, cumplir mis sueños; pero mi padre, lejos de alegrarse, se enfadó terriblemente.

»—¿Sabes los peligros que hay en una ciudad como esa, Salomé? —me gritó—. ¿Te das cuenta de que no has salido jamás de aquí y pretendes que tus clases de pintura te mantengan? ¡Acabarás en la calle haciendo a saber qué con tu vida!

»Le supliqué que se calmara. Mi madre apenas podía respirar, estaba excesivamente subyugada a él y, si me decía que siguiera adelante, mi padre jamás se lo perdonaría. No obstante, pude ver en ella una chispa de emoción y eso me dio fuerzas para enfrentarme a él aquella tarde.

»— ¡Tengo dieciocho años, papá! ¡No puedes impedir que vaya! —grité—; además, tengo el suficiente dinero ahorrado para pasar un tiempo mientras encuentro trabajo. Alquilaré una habitación en algún piso de estudiantes. Os llamaré cada día y, cuando logre lo que quiero, me iré a París.

»—No sabes lo que dices, Salomé. De ninguna manera permitiré que te pongas en peligro. ¡No te permitiré que vayas! —gritaba mientras me señalaba con el dedo índice desde el otro lado de la mesa—. Es mi última palabra.

»La rabia se apoderó de mí. Di un puñetazo en la mesa y al levantarme tiré la silla al suelo. Estaba a punto de salir corriendo cuando me di la vuelta y lo miré.

»—Lo voy a hacer con o sin tu aprobación, papá.

»En ese momento mi padre me miró. Nunca olvidaré sus ojos, señor Ross. Lanzó la cuchara que tenía en la mano contra el armario del salón y se volvió señalándome con el dedo.

»—Como se te ocurra hacerlo, olvídate de nosotros y de que te ayudemos.

»Me esperaba esa reacción de mi padre y, sin embargo, me dolió intensamente. Salí de mi casa totalmente destrozada y paseé durante horas por los bosques alrededor del pueblo. Las dudas me atormentaban, pensaba que quizá él tenía razón, a fin de cuentas era una simple pueblerina que no sabía nada del mundo exterior ni de la gran ciudad. ¿Y si no conseguía lo que quería? Mi padre jamás me perdonaría haberle desobedecido. Todas aquellas ideas me ofuscaron. Los siguientes días después de mi bronca con él, apenas me dirigió la palabra. Pasó el verano y se acercaba el momento de tomar una decisión.

»Creo que mi padre no durmió las noches antes de mi partida. Creo que esperaba nervioso a que yo me levantara de la cama en mitad de la noche y cogiera mis cosas, para poder suplicarme que no lo hiciera. Ni siquiera mi madre se atrevió a decirme una sola palabra durante esos días. Ella deseaba que lo hiciera, estoy convencida de ello, pero creo que no se hubiese perdonado nunca, si me pasaba algo, haberme animado a irme.

»No escogí la noche para marcharme. Me fui por la mañana, cuando mi padre ya se había ido al trabajo y mi madre seguía durmiendo en su cama. Le dejé una escueta nota sobre la mesa del comedor: «Te llamaré, mamá. Te quiero». De lo único que me arrepiento es de haberme ido de ese modo, sin besarle la mejilla, sin abrazarla o disculparme con mi padre mientras le decía que estaría bien, que le quería, que lograría mis sueños. Jamás me perdonaré no haberlo hecho. —Sollozó. Tomó otro cigarro de la mesa y lo encendió—. Señor Ross, a veces las personas que más nos aman son las que más daño nos hacen, pero no por ello dejan de amarnos, no por ello quieren hacernos daño. Yo adoraba la forma amable que mi madre tenía siempre de dirigirse a mí. A veces tenía pensamientos absurdos y negativos sobre cómo estaba mi padre llevando el tema y ella, muy lejos de disgustarse conmigo, intentaba comprenderme, asomarse sutilmente a mi dolor y sacarme a flote de un modo indirecto una y otra vez».

—Sé perfectamente de lo que hablas. Yo tampoco tengo una relación fluida con mi familia.

—Recupérela entonces —susurró dando una profunda calada sin dejar de mirar hacia la ventana—. Si no, se arrepentirá toda su vida. La familia es un pilar; puedes ser la persona más horrible y malvada del mundo, que ellos siempre te perdonarán, siempre te darán una nueva oportunidad.

—Tú también puedes recuperarla, Salomé.

Me miró con una expresión de abatimiento y sus ojos se desplazaron nuevamente de mí hacia la ventana.

—Me llevé una maleta con mi ropa y una mochila con mis libros, pinturas y demás pertenencias. ¿Recuerda que le he dicho lo de su libro? —Asentí con la cabeza—. Me reconfortó leerlo durante el viaje. *Noche oscura* es una historia de los sueños imposibles de un hombre de mediana edad, pero yo me veía reflejada en cada letra que escribía. Me veía a mí misma con cincuenta y ocho años, viviendo en casa de mis padres, compadeciéndome de mí misma por seguir todavía allí. Así había sido mi vida hasta aquella mañana: oscura.

—Me alegra que te gustara mi novela. Es excesivamente existencialista, no tenía ni idea de que a una muchacha como tú pudiera gustarle.

—Claro que me gustó —dijo, me miró fijamente y de nuevo pude ver aquel terrible brillo en sus ojos—. También me gustó usted. Cuando lo escribió debía de tener unos treinta años y era un escritor resultón y con fama que, a pesar de no contar con un buen fotógrafo, salía bastante atractivo en la foto de la contraportada —rio sin ganas y dio un trago a su ginebra.

—Muy graciosa...

—Tranquilo —dijo. Se pasó la lengua por los labios y puso un gesto pícaro—. No ha perdido un ápice de su encanto. De hecho, me extraña que una mujer no duerma en su cama... aunque, pensándolo mejor, también es normal, tendrá cientos de proposiciones al día.

Me eché a reír al escuchar aquello. Me incorporé.

—Te agradezco tu cumplido —musité—, pero no soy un hombre al que le obsesione la compañía. Con los años uno se acostumbra a la soledad... Continúa, por favor.

—Llegué a Madrid a media tarde. No tiene ni idea del terror que me invadió en el momento que puse un pie en la estación de autobuses. La muchedumbre me devoraba, apenas podía caminar ni sabía a dónde dirigirme. Estaba totalmente desorientada. Entré en una pequeña cafetería y cogí el periódico de la barra. Busqué en los anuncios de clasificados y, tras llamar a un par de números, decidí coger un taxi, pues el metro era muy complicado para mí. Vi un par de pisos que no me convencieron, pero, al llegar al tercero, aquello mejoró considerablemente. La joven propietaria, Marisa, estudiaba Medicina en la Universidad Complutense. La casa era de sus padres, pero se sentía sola y alquilaba una habitación por trescientos euros. Me pareció bastante razonable y acepté. Marisa me enseñó la ciudad, me dijo dónde estaban los mejores museos, las galerías de arte más conocidas y alguna que otra tienda de bellas artes. Jamás podré agradecerle todo lo que hizo por mí. No era alguien con una gran vida social, pues vivía enfrascada en sus libros, pero tenía un corazón enorme y demasiadas horas de soledad que compartir, así que, al no tener novio ni un grupo de amigos habituales, con el tiempo nos hicimos grandes amigas. Tuve suerte. Dos días después, llamé a mi madre y le conté todo lo que había hecho. Estaba feliz, pero a la vez sabía que sufría por mi padre. Me había dicho que no hablaba, se había ido al bar del pueblo hacía unas horas y todavía no había regresado. Cuando colgué, me sentí destrozada. Marisa me vio llorar y le conté toda mi vida aquella misma noche. Creo que lloró conmigo, luego me puso un caldo y vimos juntas la televisión. Ella fue mi ángel en la ciudad del desorden; si no la hubiera conocido, todo hubiese sido mucho más difícil.

»Tenía el suficiente dinero para sobrevivir varios meses sin trabajar. Marisa me proporcionó una bonita habitación con una cama-nido, un escritorio con una estantería, un par de sillas y un armario de dos metros de alto. Era todo lo que necesitaba y aún tenía un pequeño espacio junto a la ventana donde colocar un caballete para pintar. No era gran cosa, lo sé, pero para mí era un palacio. Pronto me acomodé y empecé a buscar trabajo. Mi primera desilusión no tardó en llegar. La capital tiene mucha clase y nadie quería una chica de dieciocho años con los estudios elementales para dar clases de pintura, preferían asistir a academias importantes donde les dieran un título reconocido. Así que, después de varios meses, seguía vagando por las calles, recortando anuncios de «Se busca profesora de pintura», hasta que me vi arrancando los de «Se busca camarera» y me acordé de mi padre. Evoqué sus palabras y me eché a llorar. Quizá tenía razón, todo era mucho más difícil de lo que yo había imaginado, y lo que parecía una maravillosa aventura empezaba a disolverse para enseñarme la cruda realidad. Aquella tarde volví a casa destrozada. Marisa me animaba continuamente. Me decía que tenía un gran talento, que si necesitaba más tiempo no me cobraría la habitación, pero que no debía desilusionarme, que mis cuadros eran preciosos y que tarde o temprano alguien importante me los querría comprar. Yo, durante ese tiempo, había pintado un par de ellos, hasta le había hecho un retrato a Marisa y se lo había regalado; pero nada me animaba, nada me hacía ver un atisbo de luz en mi tortuoso camino, estaba totalmente desmotivada con todo. Sin embargo, una tarde, Marisa regresó de la universidad y entró en mi habitación.

»—He encontrado una bonita tienda de bellas artes en el centro. Buscan una empleada a media jornada —me dijo—. No pagan mucho, pero al menos de momento podrías trabajar en lo que te gusta. Mira —me debió de ver la cara que puse de desilusión y me animó—, Salomé, no seas tonta. Es una tienda importante. Allí compran muchos de los artistas de las galerías más destacadas de la ciudad. Coge el teléfono y llama. Será transitorio, hasta que encuentres algo mejor.

Mientras tanto tendrás la oportunidad de conocer a la gente que está metida en ese mundo.

»Al final no me pareció mala idea y acepté. Ese mismo día por la tarde me citaron en la tienda, les hablé de mis sueños y de mis pinturas, y debí de gustarle mucho a aquel matrimonio de edad avanzada porque me dieron el trabajo. A fin de cuentas, no era tan mala idea, estaría rodeada de pinceles, brochas, acuarelas y témperas, y atendería a los pintores de la zona... Entraba a las diez de la mañana y salía a mediodía. Con el tiempo, los propietarios me comunicaron que, si quería, podía llevar mis cuadros para decorar la tienda. Eran gente encantadora, pero yo me sentía limitada en aquellas cuatro paredes. Además, el dinero me daba para llegar a final de mes, pero no podía guardar nada. Y eso no era lo que yo tenía planeado, ya me entiende.

»Pasó un año y, una de esas mañanas, me encontraba colocando cartulinas en un expositor e intentando averiguar por qué demonios la gente no tenía cuidado y arrugaba las esquinas de las hojas, cuando un chico se acercó por detrás y me pidió ayuda. Qué guapo era... Tenía un pelo castaño que le caía por la frente formando bucles graciosos sin ningún orden, unos inmensos ojos azules oscuros y, cuando sonreía, se le formaban unos hoyuelos en las mejillas. Era alto, casi como usted, y tenía una sonrisa preciosa. No me mire así, soy artista, en estas cosas uno se fija, usted cuando pasea por la calle no me dirá que no narra entre dientes lo que pasa. Los escritores son personas de otra raza que ven la realidad que existe más allá de lo que todo el mundo observa. Estoy segura de que usted puede estar sentado en un banco del parque durante horas trazando el posible argumento de su próxima novela y no darse cuenta de que ya es de noche y tiene un perro meándole la pernera del pantalón».

Me reí. Tenía que reconocer que no le faltaba razón.

—Muy aguda, Salomé... —rumié con sorna, pero no me hizo caso y continuó.

—Creo que me enamoré de él desde el primer momento que lo vi. Le resultará ridículo, a mí también, pero si hubiera visto la dulzura de sus ojos, su sonrisa y aquella inocencia en una mujer, usted también habría perdido el hilo de la realidad. Compró todo el material del cual yo me habría apropiado si hubiera tenido el dinero suficiente. Me contó brevemente que estudiaba Arte y que necesitaba ciertas cosas. Y yo, muy dispuesta, le enseñé todo lo que había en la tienda. Si ya creía que era adorable, no sabe lo que sentí cuando se quedó prendado de uno de mis cuadros sin saber que yo lo había pintado. Era un paisaje del norte en el que aparecían unos bosques de robles, un río y una joven sentada en el campo leyendo un libro con un bonito vestido azul celeste. Me puse nerviosa, pensé que el corazón se me iba a salir del pecho y hasta sentí un leve calor por las mejillas. Al mirarme a un pequeño espejo, me di cuenta de que estaba roja como un tomate y que él no tardaría en darse cuenta. Pero entonces se puso a hablar de la belleza de las cosas sencillas, de lo humilde, de los ríos y los bosques, de que aquel paisaje le recordaba al norte del país donde iba con sus padres, cuando era niño, a comer marisco y percebes...

»Ese día me pagó en efectivo y volvió cada mañana de los que siguieron. No necesitaba material, creo que necesitaba cada vez más de mí. Era maravilloso, todavía no le había dicho que los cuadros que tanto le gustaban los había pintado yo, y lo cierto es que no sabía por qué. Supongo que, cuando uno se enamora, se vuelve estúpido, y eso me estaba pasando a mí. Se llamaba Tomás, me lo dijo el tercer día que pasó por la tienda. Entonces yo le dije mi nombre y supo que los cuadros eran míos.

»—Tienes mucho talento, Salomé —me dijo—. Deberías explotar tu don.

»—De momento intento ahorrar algo de dinero. Quiero viajar a París y ver los museos de todo el mundo.

»—Eso es maravilloso. Tener un objetivo es importante. Creo que es una de las cosas que nos hace trabajar duro: poder lograrlo. —Miró los cuadros y me sonrió—. Yo no tengo tanta magia como tú. Los efectos de luz que logras son increíbles... Sería estupendo que me enseñaras. ¿Me darías unas clases?

»—Bueno... Trabajo hasta mediodía, pero por la tarde podría.

»—Perfecto. Me encantará tenerte de profesora. Te daré mi tarjeta con mi dirección. ¿Te parece bien comer conmigo mañana y lo hablamos? Te pagaré bien, vendré a buscarte a la salida.

»Creo que en ese momento dije que sí. No recuerdo lo que contesté con toda claridad, porque me sentía flotar en un manojo de nervios, ilusión y emociones varias. Tomé la tarjeta que me ofrecía y la guardé en el bolsillo de mi chaqueta. Se preguntará, señor Ross, qué tiene que ver ese chico con lo acontecido y yo le diré que *todo*. Esa fue la mañana en que acepté darle clases particulares a Tomás Pastrana, el hijo de Markus Pastrana. No se olvide del detalle de que creía estar terriblemente enamorada».

La cosa parecía animarse. Tenía una euforia en el cuerpo que hacía años que no sentía. Todo lo que Salomé me contaba era una cadena de acontecimientos que parecía acercarnos al abismo de los Pastrana. Paré la grabadora justo en el momento en que ella se levantó. Su vestido vaporoso se elevó suavemente por los lados y un suave perfume a jazmín me llegó de golpe. Salomé me pareció en ese momento mucho más atractiva de lo que me había parecido hasta entonces. Movió su inmensa melena castaña y se estiró en mitad de la estancia.

—Estará agotado. Quizá mejor me voy y seguimos mañana —dijo.

—No tengo un ápice de sueño, y mañana es sábado —contesté. No dejaría que se marchase de allí ni loco—. Prepararé algo de cenar si te parece. Hacemos un descanso y, si nadie te espera...

Su rostro volvió a transformarse de repente, del mismo modo que lo había hecho cuando había cogido la cámara de vídeo, con la misma expresión de desasosiego y tristeza. Bajó levemente la cabeza y miró al suelo.

—Nadie me espera —dijo con un hilo de voz casi imperceptible—. Puede hacer su cena, le acompañaré. Y no se preocupe por mí, no desapareceré de su vida. No ahora.

Se quedó unos segundos delante de la puerta mirando el salón, las pequeñas fotografías enmarcadas en colores satinados sobre la chimenea y los cuadros.

—¿Estás bien? —pregunté algo confundido. La melancolía que parecía reflejar su rostro había ido en aumento a medida que Salomé me contaba la historia de su vida.

—No se preocupe, estoy bien. Vayamos a por su cena.

Ya en la cocina, preparé algo sencillo para cenar y puse dos copas de mi mejor vino. Le pregunté si le gustaba la pasta; ella me miró de una forma tímida y asintió con la cabeza. Me sorprendió su actitud cuando se sentó en la mesa. Era como si nunca hubiese probado unos espaguetis a la boloñesa; sujetaba aquel fideo con el tenedor y lo observaba de una forma casi infantil. Me hacía gracia verla comer, daba la sensación de que jamás había probado pasta en su vida. Masticaba el primer bocado lentamente y me recordaba a los niños cuando prueban algo y no están convencidos de que les vaya a gustar. Era adorable y yo parecía idiota observándola de aquel modo. Me di cuenta cuando me miró extrañada porque la contemplaba con la boca abierta. Disimulé como pude lo imposible y comencé a comer.

—¿Dónde vives ahora? —pregunté para romper el incómodo silencio—. Es decir, ¿cómo podría localizarte? ¿Sigues con Marisa?

—No —contestó, bebió y se limpió la boca con la servilleta—. No se preocupe, pero, de momento, si no le importa, prefiero no responder a esa pregunta. Yo le localizaré. Ya lo he hecho una vez.

—Tienes razón, pero... —me quedé pensativo unos segundos—. ¿Por qué me has escogido a mí?

Esa pregunta pareció entristecerla y, a la vez, tuve la sensación de que se emocionaba de felicidad en algún momento. Resultaba extraño.

—Usted es un buen hombre, puede ver las cosas desde el otro punto de vista de la razón y, si alguien tiene que escribir mi historia, no existe nadie más objetivo que usted en el país para hacerlo.

—Me halagas, Salomé. —Pensé de nuevo en Cárcaba—. Me ves con buenos ojos.

—Las personas solo tienen un alma, señor Ross. Buena o mala, sin más.

Terminamos de cenar y volvimos a mi despacho. Salomé había dejado más de la mitad del plato sin tocar, pero no quise insistir porque no deseaba actuar como si fuera su padre. Era tarde y estaba igual de pletórico que con el estómago vacío. Le pregunté si tenía sueño, a lo que ella me respondió con una negativa rotunda. Pasaba los dedos por los gruesos lomos de los libros que tenía en la biblioteca. Leía sus títulos, incluso tomó alguno para echarle una ojeada.

—¡Vaya, tiene *Las flores del mal* de Baudelaire! Creí que ese tipo de literatura solo la leían los bohemios —dijo y soltó una carcajada que me resultó fascinante.

—Bueno, soy bohemio y aburrido. Dos particularidades que vuelven locas a las mujeres —respondí. Pero ella no parecía haberme escuchado.

—Señor Ross —murmuró, dejó el libro y me miró—, no me tiene miedo, ¿verdad?

—Digamos que me trasmites sentimientos contradictorios, Salomé. —Suspiré y me acomodé en la butaca.

—Me amará, ya lo verá —dijo sonriendo—. Algún día volveré a preguntárselo.

—Creo que usamos el concepto con mucha libertad y destrozamos el valor de esa palabra.

—Es usted muy perspicaz, pero le aseguro que yo la uso correctamente.

No entendí qué me quiso decir en aquel momento. Tiempo después comprendería eso y muchas otras cosas.

—Bien. —Se sentó nuevamente y encendió otro cigarro—. Prometo devolverle el tabaco. Seguiré con mi historia si le parece correcto.

—Por supuesto —sonreí—, y no te preocupes por el tabaco. No tienes que devolverme nada.

—Como le he dicho, aquella mañana quedé por primera vez con Tomás Pastrana. Yo no era de la capital, no tenía ni idea de quién era él ni de quiénes eran sus padres, solo sé que, cuando volví a casa, estaba pletórica. Le conté a Marisa lo que me había ocurrido, lo que había sentido por aquel chico desconocido. Ella sonreía emocionada. Corrió por unas cervezas a la nevera y dijo que aquello se merecía un brindis. Le conté cómo había disfrutado con mis cuadros y que al día siguiente quedaría para concretar las condiciones. Rebusqué en el bolso su tarjeta y al dársela Marisa dio un salto que me dejó algo abrumada.

»—¡Santo cielo! ¿Tomás Pastrana? —gritó—. ¿Pero tú sabes quién es este tío? —Estaba nerviosa, no dejaba de tocarse la frente con la mano—. No, claro, ¿cómo lo vas a saber si no eres de aquí?

»—No entiendo qué quieres decir. ¿Quién es?

»—Salomé, es el hijo de Markus Pastrana. ¿Tampoco sabes quién es Markus Pastrana? —Negué con la cabeza y esperé que continuara—. Salomé, por Dios, ¡es el hijo del millonario Markus Pastrana! Este tío tiene más dinero que medio país junto, pero no lo tiene por amable y simpático. Lo investigan por tráfico de armas y algún asunto de ajuste de cuentas. No sé si es verdad o es cosa de los periódicos sensacionalistas, pero su padre es peligroso. Ten cuidado, por favor.

»Me quedé anonadada con lo que dijo.

»—Pero su hijo es encantador... No tiene pinta de ser una mala persona. Estudia Arte y es muy simpático y apasionado por lo que hace.

»—Salomé —me interrumpió—, yo no te estoy diciendo que eso no sea así. No sé mucho de su hijo, al parecer se mantiene muy al margen de lo que hace su padre; lo que te digo es que tengas cuidado y sepas adónde vas a ir, ¿vale?

»Aquello me dejó algo patidifusa de entrada, pero luego se me olvidó y, al día siguiente, me puse el mejor vestido que tenía y esperé la jornada de trabajo casi a punto de perder los nervios de la emoción. Comprenda, señor Ross, que yo era muy joven en aquel momento y que todo parecía irme bien en mi plan de ser feliz. Mi príncipe llegó con un precioso coche que, por la pinta, debía de costar lo que mi padre ganaba en cinco años, y me llevó a un bonito restaurante alejados del bullicio de la ciudad donde teníamos intimidad. Tomás era un amor de persona y cada vez me convencía más de que nada tenía que ver con la breve descripción que mi amiga me había hecho de su padre.

»—Verás, mi familia es bastante conocida en esta ciudad. No quiero que te sientas incómoda en ningún momento. Si en mi casa no te sientes a gusto y prefieres dar las clases en otro sitio, solo tienes que decírmelo y alquilaré un lugar para ello.

»Le dije que no era necesario, que no tenía por qué preocuparse, y por supuesto reconocí que no sabía nada de su familia, que había sido una amiga quien, al contarle que posiblemente le diera clases, me había contado brevemente quiénes eran. Me miró algo melancólico, supongo que sabía que nada bueno podría haber escuchado.

»—No me meto en los negocios de mi padre, pero eso no significa que me agrade lo que hace. He tenido una disciplina muy estricta en mi educación. Ahora solo busco que me dejen tranquilo y se olviden de mí. Cuando les conté a mis padres que quería estudiar Arte, casi los mato de un disgusto, pero acabaron por aceptarlo y me dejan relativamente tranquilo.

»Eso me sonaba demasiado. Mi padre había reaccionado igual de mal. Recordé las palabras de mi madre y me dieron unas enormes ganas de llorar. «Un hombre no debe limitar tus sueños, Salomé; si lo hace, es que no te ama». En ese momento, señor Ross, supe que Tomás era el hombre de mi vida. Pero no me malinterprete, no soy una mujer enamoradiza, ni siquiera había tenido una relación formal en mi vida. ¿Se da cuenta?

»Tras aquella comida, me llevó a su casa. Emergía, más allá de los muros de piedra, un inmenso bloque de mármol travertino blanco con ventanales interminables y rectangulares. El portón metálico y los altos muros que la circundaban me intimidaron. Estaba rodeada de cámaras por todas partes. A medida que avanzábamos por el camino de piedra, me dio la sensación de que nos observaban. Dicen que el minimalismo tiene su belleza, señor Ross. A mí particularmente no me gusta, creo que es una belleza demasiado fría, demasiada vacía de personalidad. No trasmite nada, no se impregna de la personalidad de su propietario. Cuando uno entra en una casa, debería sentir el calor del hogar, ¿verdad? Dicen que los detalles que adquieren las casas hablan de su dueño... pero allí solo sentí un inmenso frío; aquella mansión era hermética, atemporal. Los suelos de madera alemana no trasmiten la calidez de la tarima, por ejemplo, no sé si me entiende. Cuando uno entra en un salón, el epicentro de la vida diaria, y ve un pequeño desorden, es acogedor. El inmenso salón de aquella mansión, sin embargo, apenas daba atisbo de vida: había sofás en piel blanca y cojines perfectamente colocados que parecía que no se habían tocado en la vida. Entré como una paleta, al menos esa debió de ser la sensación que di. Los Pastrana tenían una infinidad de personas a su servicio: cocineros, señoras de la limpieza, mayordomos; toda la casa era una especie de colmena. Y en lo alto de su torre, dos plantas más arriba, dormía la abeja reina: Linda Pastrana.

»Me esforcé con todas mis ganas por trasmitir serenidad. Pensé para mí: «Vamos, Salomé, solo vienes a dar unas malditas clases de pintura», e intenté relajarme. Una amable señora me preguntó si quería beber algo y, cuando me disponía a negar con la cabeza, Tomás se adelantó.

»—Regina, por el amor de Dios, yo no soy mi padre, ya lo sabes.

»La mujer suspiró. Tiró de mi brazo y me llevó hasta la cocina. Abrió la nevera y empezó a enumerarme los cuarenta zumos que tenía. Creo que me perdí al quinto. Dije que sí cuando oí la palabra *manzana*. Ese día conocí la gran mansión Pastrana. Tomás me contó que el ala norte de la casa era utilizada por el servicio de seguridad de su padre. Estaba algo apartada del resto de la vivienda, era como un segundo bloque pequeño con la misma fachada de mármol travertino y con un pasillo de acceso al resto del edificio. Ni el servicio de la casa ni la familia iban por allí, no a menos que fuera necesario.

Según me dijo, su padre solía llegar tarde y había un par de turnos de vigilancia, por la mañana y a medianoche. Me llamó la atención la presencia de dos enfermeras en la casa, pero no dije nada. Después, me enseñó su habitación, sus cuadernos de arte y su precioso estudio decorado a su gusto. Era un rectángulo igual de frío que el resto de la casa, pero las paredes estaban repletas de estanterías encastradas abarrotadas de libros, y eso me resultaba mucho más cálido que todo lo demás. Tenía infinidad de cuadros pintados apoyados sobre las mismas estanterías, varios caballetes, botes de pinceles de distintos tamaños y texturas, una inmensa mesa de dibujo con el tablero regulable en altura, rollos de planos colocados en tubos, en fin, un paraíso en mitad de la nada. Su espacio y su refugio.

»—¿Te parece apropiado dar aquí las clases? —me preguntó—. La luz de esta habitación es estupenda.

»—Todo esto es inmenso. ¿Estás de broma? Es maravilloso —contesté.

»Nos sentamos en un sofá de tres plazas que tenía frente a la ventana. Desde allí podía verse la parte de atrás de la casa y una piscina encastrada en madera de teca con unas tumbonas repartidas irregularmente alrededor de ella. Me acercó una pequeña mesita con ruedas para que dejara mi zumo y miró al exterior. Creo que tenía la necesidad de hablarme de su familia, supongo que porque no era demasiado común.

»—Salomé, quiero ser franco contigo. Nunca he traído a nadie a mi casa. No me gusta que conozcan a mi familia porque no sé si la gente se acerca a mí por mi apellido o porque realmente quieren ser mis amigos. Hace poco que decidí quedarme en la capital, aunque mi intención siempre ha sido acabar mis estudios y marcharme lejos de aquí. No me malinterpretes, no es que los odie, simplemente no me gusta la vida que llevo aquí.

»—No tienes que explicarme nada, Tomás. Solo vengo a darte clases de pintura.

»—Lo sé —me cogió la mano y sonrió—, pero sí es necesario que lo haga, no quiero que un día veas algo y salgas corriendo de esta casa.

»Entonces me explicó que su madre era adicta a los tranquilizantes y al alcohol. Su padre había tomado la decisión de ponerle dos enfermeras para vigilarla por temor a que un día se quitara la vida. Pude comprobar con el tiempo que Linda Pastrana era una mujer que disfrazaba su dolor y su miedo con las pastillas, pero se lo contaré más adelante, cuando llegue el momento. Tomás me dio una pequeña explicación de lo que podría llegar a ver, algún numerito de su madre medio drogada, algún escándalo o ataque de histeria con el servicio y poco más. Qué equivocado estaba... —susurró—. Mi pobre Tomás...».

Salomé se levantó de la butaca y pegó la nariz a la cristalera, como si buscara algo en la calle. Paré la grabadora y me quedé observando su silueta. Desde donde estaba, veía cómo se perfilaban sus curvas por debajo de la tela del vestido. La lamparita a su lado le estaba jugando una mala pasada y a mí me enseñaba algo irresistible. En ese momento me di cuenta de que llevaba mucho tiempo sin hacer el amor con una mujer y me sentí incómodo.

—¿Sucede algo? —pregunté intentando sacar de mi cabeza esa necesidad que empezaba a crecer en mí.

Ella abrió la ventana y se apoyó en el marco.

—Parece que va a llover —musitó—. Ojalá nevara. Mi pueblo se veía precioso cuando se cubría con un manto blanco. De niña me gustaba caminar por la calle, hundirme en cada pisada hasta que las botas de agua desaparecían bajo la nieve, los niños ansiosos por salir a la calle embutidos en sus plumas de colores, sus gorros y sus bufandas. Tuve una infancia feliz, claro que la tuve. —Abandonó sus pensamientos y se separó ligeramente de la ventana—. Mañana me odiará por las horas de sueño que le estoy robando.

—Bueno, tampoco veo que tú estés muy cansada.

—Duermo poco —dijo. Volvió a sentarse—. Tengo pesadillas desde hace tiempo.

—Me gustaría que te quedaras aquí este fin de semana. Me sentiría más tranquilo. No te ofendas. Creo que, si tú me vas a pedir un favor, tampoco es tan raro que haga yo lo mismo, ¿no crees?

Me obsesionaba la idea de que desapareciera. Su historia me intrigaba, las horas que llevábamos en mi casa me hacían ver a una joven totalmente distinta a la mujer fría que había conocido la otra noche. «La asesina de Coelho» comenzaba a hipnotizarme. Salomé me miró con curiosidad, tenía los ojos ligeramente entornados y una expresión de agotamiento. Estaba convencido de que recordar lo que me estaba contando le hacía daño, lo notaba a medida que pasaban las horas y la historia avanzaba hacia algún fin. Tomó otro cigarro del paquete y lo encendió con torpeza. Dio una profunda bocanada de humo y se quedó algo pensativa.

—¿Se siente incómodo conmigo? —dijo al fin—. No tendría mucho sentido que yo durmiera bajo su techo si no puede cerrar los ojos por mi culpa.

—No olvides que soy psiquiatra, Salomé. Y no, no me incomodas —respondí algo ofuscado.

—No se enfade, me quedaré en su casa si es lo que desea, pero le recuerdo que mi intención es pedirle un favor y que me ayude, no tendría mucho sentido desaparecer mañana.

—Estupendo —contesté aliviado—. Te prepararé la habitación de invitados.

—Si no le importa, prefiero dormir en su habitación. No me malinterprete, puedo matar a un asesino y adentrarme en callejones que ni cinco hombres se atreverían a pasar, pero temo la noche y mis pesadillas, es algo que he ido adquiriendo con el tiempo, el miedo a la oscuridad y a quedarme con mis pensamientos. Si no le importa, me sentiría más tranquila durmiendo con usted en un sofá o alguna cama supletoria.

Me debió de ver la cara de perplejidad con la que me quedé. Creo que en mi vida me había quedado tan parado como en aquel momento. Su petición me había pillado por sorpresa y, durante unos segundos que parecieron interminables, no supe qué decir.

—Si le incomoda, también lo entendería y dormiría donde me dijera.

Le expliqué que no tenía ningún sofá ni ninguna maldita cama supletoria; sin embargo, ella no parecía molesta por ello. Me miraba fijamente y afirmaba muy despacio mientras yo me sentía como un absurdo adolescente virgen delante de una mujer diez años mayor que yo.

—No, está bien, no es que me incomode, solo que me has dejado un poco sorprendido. Si quieres, puedes dormir en mi cama. —Creo que tartamudeé en algún momento—. Tengo, tengo una cama amplia, lo suficiente para que no te sientas muy intimidada.

—Entonces será estupendo poder irnos a dormir. Estoy un poco cansada ya, si le parece.

—Tengo ropa de Rita..., perdona, de mi ex, por algún lado. Te dejaré un camisón o un pijama. Seguro que hay ropa que ni siquiera llegó a ponerse en el armario de mi habitación.

—No se preocupe, me sirve cualquier cosa.

Me siguió por el pasillo de la planta baja y subió tras de mí las escaleras. Di con un camisón largo y conseguí localizar un cepillo de dientes nuevo, unas toallas. También encontré en una caja un conjunto de lencería sencilla sin estrenar. Pareció hacerle gracia que yo guardara todo aquello. Le expliqué que era el regalo de cumpleaños de Rita, pero no me había dado tiempo a dárselo antes de que se fuera de casa.

—Tiene buen gusto para los detalles. —Observaba con humor el conjunto blanco—. ¡Y hasta parece de mi talla!

No sé si era de su talla o no, lo cierto es que, cuando volví a la habitación enfundado en mi pijama de raso clásico, me quedé petrificado en la puerta. Salomé permanecía de pie en un lado de la cama, metida en aquel fino camisón de raso blanco que le llegaba por la rodilla y de milagro. Recordé que Rita era mucho más baja que ella y, por lo que pude comprobar, que tenía mucho menos pecho.

—Bueno —balbuceé—, espero que te sientas cómoda y descanses.

Me metí en la cama antes de que a ella la diera tiempo incluso a abrir su lado y me tapé con las mantas rápidamente. Creo que empezaba a tener una erección y, si se daba cuenta, no habría rincón donde esconderme. Pensé en el callejón, en que había matado a aquel hombre con la intención de que aquello bajara de alguna manera, pero fue imposible, me puse de lado cuando sentí el peso de su cuerpo y disimulé mi nerviosismo. No sé cómo me pude poner tan nervioso, ni siquiera ahora puedo encontrarle una explicación. Ladeé un poco la cabeza. Me observaba de lado, sonriente. Ella se daba cuenta de lo que pasaba, pero no dijo ni una palabra.

— ¿Te parece que apague ya la luz? —pregunté, casi hasta lo supliqué.

—Está bien. Buenas noches.

—Buenas noches.

Me vino aquel aroma a jazmín, cerré los ojos y aspiré su perfume. Deduje que se había quedado dormida por su respiración. Estaba medio amodorrado cuando la sentí moverse y noté la presión de su cuerpo contra mi espalda. Pensé por un momento que había sido una indecencia aceptar que durmiera en mi cama, pero recordé el temor a sus pesadillas y sentí aquel modo de aferrarse a mí con desesperación. Me dormí, por primera vez en mucho tiempo, sin apenas darme cuenta.

4

Aquella noche tuve un sueño. Uno de esos sueños que no son más que recuerdos y que vuelven a uno sin una razón determinada para hacerte revivir ciertos momentos desagradables de tu carrera: yo tenía poco más de veinte años, la psicología criminal era algo que me apasionaba e intentaba estar lo más cerca posible de todo lo que tuviera que ver con un caso no resuelto. Gracias a mis buenas notas y al tiempo que dedicaba a hablar de ciertos casos con alguno de mis profesores, hice muy buenas migas con el profesor Ramiro Bruna, un hombre de mediana edad, pelo surcado de canas y unas elegantes gafas sin montura por las que solía mirar de refilón a los alumnos. Él tenía claro que yo era un alumno que amaba mi carrera y se lo demostraba. Yo no deseaba salir de juerga las noches de los viernes como cualquier chico de mi edad. Por el contrario, siempre aparecía en su despacho para invitarle a tomar algo en la cervecería más próxima al edificio y bombardearlo a preguntas que se me ocurrían hasta agotarlo. Pero a él le gustaba. Ramiro Bruna era una eminencia en el campo de la psicología forense. Había ayudado a la policía a trazar cientos de perfiles para descubrir la personalidad de un asesino y, por consiguiente, dirigirlos por el camino correcto en una investigación complicada. Un día me dijo que yo tenía mucho talento, pero que me faltaba esa sensibilidad que uno debía tener ante ciertas situaciones que te encuentras en este tipo de trabajo y que también te ayudan: las víctimas y sus familias. Yo no comprendí su observación hasta que fui consciente de dónde quería llegar: una mujer había aparecido muerta a unos cincuenta kilómetros de Madrid y me invitaba a acompañar al inspector que llevaba la investigación para interrogar a todos sus allegados.

—Apareció hace dos horas en un descampado, Samuel. La persona que lo lleva es un buen amigo mío y me ha pedido que lo acompañe, y no solo por el trabajo de analizar cada una de las personas que vamos a ver, sino porque mi amigo conocía a esa familia. Eso es muy duro. Aunque es un momento delicado, creo que te vendría muy bien acompañarnos. Confío en tus dotes, muchacho, pero tienes que tener claro que esta profesión posee ciertas puertas ocultas que, sin un apego o un leve sentimiento, no te llevarán a ningún lado. A veces es necesario rendirte a ese dolor que sienten las personas que han sufrido una pérdida tan violenta. No solo para averiguar si es cierta o una mera máscara para ocultar su culpa. Es importante conocer a las víctimas, su entorno y las personas que las rodean, así como sus hábitos...

Y el sueño básicamente era aquel recuerdo: yo con veinticinco años junto a mi profesor y un tipo con un gorro llamado Miguel, al que todo el mundo llamaba Mike cariñosamente, en aquel pueblo a cincuenta kilómetros de la vorágine de la gran ciudad.

Cruzar la verja y llamar a aquella puerta iba a ser lo más difícil que había hecho en toda su vida, nos confesaba Mike. Era la primera vez que sentía su pulso traicionado por los nervios, y no solo por la triste razón de tener que afrontar una situación que se le iba de las manos, sino porque conocía a esa familia. Había crecido con el marido de la víctima y era él, junto a dos desconocidos —nosotros—, el que tenía que darle la desagradable noticia de que su esposa había aparecido muerta. Yo estaba delante de la puerta con una carpeta gofrada entre los dedos de la mano y podía sentir que Mike, un hombre de cincuenta años con un fino bigote negro sobre su labio superior, temblaba mientras llamaba a la puerta. Estaba convencido de que deseaba salir corriendo de allí, darse la vuelta, cerrar los ojos y que todo aquello desapareciera de aquel pueblo y de su vida, pero no iba a suceder. Y lógicamente fue su amigo quien abrió, con un gesto de abatimiento en el rostro, los ojos cubiertos de un manto de dolor, cansado, desaliñado y con el aspecto de no haber dormido en varios días.

—Mike...

—¿Podemos pasar, Lucas? Tengo que hablar contigo.

Lucas Baena se congestionó. Su tez se volvió más pálida, sus ojos más brillantes y su boca dibujó una línea recta tensa, muy tensa. Se apartó de la puerta e hizo un gesto con la mano invitándonos a entrar.

—¿Está la niña en casa, Lucas? —le preguntó mientras miraba el salón.

—Se la llevó mi madre al sur. Creo que era lo más apropiado.

Mike afirmó suavemente. Oyó la puerta cerrarse tras de sí y observó la figura inerte de Lucas esperando una noticia que no iba a llegar.

—Lucas, la hemos encontrado.

—No, no puede ser, Mike.

—Lucas, quiero que te sientes y me escuches, amigo.

Lucas tenía el rostro húmedo, inflexible, casi pétreo. Se frotó la cara con ambas manos y cayó inerte sobre los cojines de colores.

—Dime que está bien, Mike —sollozó—. Dime que está herida, si quieres dime que está en el hospital, pero dime que está bien.

No. Y él ya lo sabía.

Ni siquiera podía moverme. Estaba sentado en el sofá del salón de aquel hombre, casi rozando mi hombro con el de Bruna, y no podía dejar de mirar a Lucas Baena y su desesperación. Él sabía que Mía no estaba bien. Sabía que ni siquiera estaba, no era necesario decir mucho más. Pero en mi sueño algo había cambiado, algo que por aquel entonces no había ocurrido, pero que ahora sí estaba allí, en aquel escenario onírico: Mía Baena, la mujer muerta, me miraba desde un rincón de aquel salón, con un vestido verde lleno de barro, el mismo con el que la habían encontrado, y me sonreía.

—¿Quién ha sido, Mike? —preguntó desesperado—. ¿Quién ha podido hacer esto, por el amor de Dios?

—Lucas...

Este esquivó su mano cuando el inspector intentó sujetarlo con la intención de calmarlo.

—¿Qué le han hecho?

—No me preguntes eso.

—Dime al menos que no ha sufrido. ¡Mike! ¡Dime que no ha sufrido!

Ramiro, mi profesor, cerró los ojos y dejó la cabeza colgando sobre la alfombra entre las piernas, inclinado hacia delante. Yo no podía dejar de observar a Mía. Tenía los ojos muy abiertos y en ese momento miraba hacia el techo como si algo, que yo no podía ver, la asustase. En ese preciso instante, miré a Mike y a mi profesor y me di cuenta de que nadie más que yo podía ver a aquella mujer fantasmagórica, con los ojos desencajados fijos en el techo mientras movía las manos como si intentara quitarse un montón de mosquitos de la cara.

—Profesor... —Intenté hablar con él.

—Samuel... —me susurró—, luego. Ahora no es el momento.

—Lucas, necesito que me digas algo —continuó Mike—, algo que nos pueda ayudar, aunque sea una tontería. Sé que lo que te estoy pidiendo ahora mismo es muy difícil, pero el tiempo apremia, estamos en un momento crucial de la investigación.

Lucas lloraba desconsoladamente y se llenó de ira. Era un hombre joven, un hombre en la flor de la vida, pero un hombre que jamás se recuperaría de aquel episodio.

—¿Vas a decirme qué han hecho con ella? ¡Por el amor de Dios, lleva dos días desaparecida, Mike! ¿La mataron rápido? —gritó.

—¡No, no la mataron rápido! ¿Es lo que quieres oír? Por tu madre santa, Lucas, ¿qué importancia tiene eso ahora? ¿Para qué quieres atormentarte con detalles que no van a ir a ninguna parte? ¿No te das cuenta de que quien haya hecho esto sigue en la calle? Necesito que me digas algo. Necesito que me ayudes con cualquier cosa que me pueda servir. Mía está muerta. Se ensañaron con ella, Lucas.

—¡Oh, Dios mío!

—Mi pregunta ahora es por qué no me dijiste que había desaparecido el mismo día que no llegó a casa.

Lucas se frotó la frente, se apartó el cabello rubio de los ojos y sacudió la cabeza una y otra vez en señal de negativa.

—¡Lucas! ¡Tu mujer desapareció la noche de la función de Navidad en el Santa Clara y tú denunciaste su desaparición por la mañana!

—¿Estás insinuando algo, Mike? ¿Crees que yo maté a mi mujer? ¿Crees que...?

El inspector se desesperó.

—No estoy insinuando nada. ¡Maldita sea! Solo quiero intentar comprender qué está pasando. Tengo cincuenta y cuatro años y he visto de todo, pero ahora ha sido Mía. Mañana puede ser uno de nuestros hijos, puede ser cualquiera de nosotros y ¡no tengo una jodida mierda que me guíe por este pantano!

Lo miró. Sí, tal vez Lucas Baena estaba asustado, desesperado. ¡Maldita fuera! Acababa de decirle que su mujer estaba muerta. ¿Qué pretendía presionándole así? Pero era necesario. Era indispensable saber algo más, algo que le ayudara a comprender por qué Lucas no había denunciado la falta de su esposa en el mismo instante en que no había llegado a casa para cenar. Miró sus ojos. Tenía la cabeza colgando entre las piernas y los brazos apoyados sobre las rodillas como él. Lucas era un hombre alto y robusto que imponía, pero era un hombre amable y poco dado a los conflictos. Yo seguía observando a Mía, ahora estaba caminando por el pasillo y parecía ajena a toda nuestra conversación. El corazón me latía a mil por hora. Aquel día yo había mantenido mi serenidad en todo momento, había escuchado junto a mi profesor todo lo que aquel hombre nos confesaba, pero en mi sueño no podía apartar la vista y la atención de aquella enjuta figura con el pelo negro lleno de ramitas enredadas en sus rizos y la palidez de sus mejillas.

—Mía llegaba un poco tarde las últimas semanas por culpa del trabajo —dijo al fin—. Me dormí con la niña en la cama, ¿sabes? Es duro para mí decirte esto ahora, pero creo que me engañaba.

Volvió a sollozar y Mike le pasó el brazo por encima de los hombros.

—Está bien. Sigue, por favor.

—Es duro. Posiblemente no lo entiendas, pero yo amaba a mi mujer, y no es que yo fuera el hombre más alegre del mundo. No tenía mucho tiempo para ella, últimamente hacía muchas horas en el hospital. No la culpo. Me hice el tonto. Ella me quería, Mike. Solo tenía que dejarla tranquila y que volviera a casa.

Nos quedamos perplejos ante aquella confesión. En realidad, nadie salía de su asombro. Mía era una mujer de su casa, una mujer entregada al colegio, a la enseñanza, a su familia. Por un momento dudó de las palabras de Lucas, pero aquello tenía sentido. Lucas estaba avergonzado, su mirada era una mezcla de dolor extremo y de humillación. Ni siquiera levantó la vista de la alfombra. Se limpió la nariz con la manga de la camisa y suspiró.

—Era una estúpida aventura. Una estúpida aventura pasajera.

—¿Sabes quién era él?

—No. Mía mentía muy mal. Por eso notaba que algo no iba bien del todo. Yo sabía que se veía con alguien. Supongo que sería uno de sus compañeros del Santa Clara. Joder, Mike, esto es un pueblo, no había mucho donde ir... ¡Oh, Señor! —gritó—, ¡Señor misericordioso! ¿Qué le voy a decir a mi hija? ¿Qué voy a decirle a mi familia, a la familia de Mía? ¿Por qué ella, Mike? ¿Por qué?

Mike se levantó.

—Lo averiguaré, Lucas. Te pido por favor que no hables de esto con nadie. Intento que los medios de comunicación no sepan nada. Te prometo que daré con quien lo ha hecho.

Lucas levantó la cabeza y lo miró fijamente con los ojos muy abiertos.

—No me prometas nada, Mike, no te perdonaría que no cumplieras tu promesa.

—Lo haré, amigo. Lo haré.

La escena del salón era nítida e idéntica a la realidad que me había sucedido hacía casi veinte años, aunque en aquel momento yo me habría levantado junto a mi profesor y nos hubiéramos dirigido a la puerta acompañados por aquella sombra errante del marido que estaba a punto de perder la cabeza y la fe, y, por el contrario, en mi sueño, sentí detrás de mí a Mía Baena, olí su perfume y el olor de la tierra de su vestido.

—Esos bichos que vuelan me van a volver loca —me susurró—. ¿No los ves? Están por toda la casa. ¡Me persiguen!

Yo me quedé inmóvil sin atreverme a girarme. Tenía un espejo mural anclado en la pared y podía ver sus ojos vivarachos por encima de mi hombro observando mi reflejo. Oteé a mi alrededor. No veía ningún bicho volando, solo tres hombres un poco más cerca de la puerta despidiéndose de un modo solemne mientras un cadáver con las uñas llenas de tierra me miraba asustada.

—No veo nada —logré decir muy bajo.

Ella apoyó sus largos dedos sobre mi hombro. Una ramita de su pelo se desprendió y cayó al suelo.

—¡Él dijo que me quería! —gritó de pronto. Yo di un brinco del susto—. ¡Dijo que me quería!

Supongo que ese sueño mezcló la realidad con lo que tiempo después se pudo descubrir, o eso creía. A Mía Baena la mató su amante en un ataque de furia cuando ella decidió que lo mejor para ambos era no seguir viéndose.

Aquella noche desperté envuelto en sudor sin apenas percatarme de que Salomé dormía ajena a mi tembleque repentino. Estaba convencido de que una bandada de pájaros volaba por encima de nosotros, esa fue mi percepción durante unos segundos, quizá fruto de mi estado de duermevela. Sombras negras aleteaban contra el techo de mi habitación, moviéndose aleatoriamente hasta desaparecer cuando me incorporé, ya totalmente consciente y despierto. Me levanté, fui al aseo y me sequé el sudor de la frente y el cuello antes de volver a meterme en la cama, intentando no rozar ni siquiera un milímetro de la piel de Salomé. Ella dormía como un ángel, la boca levemente abierta, relajada, quizá tranquila y alejada de todo. Sentí una necesidad doliente de protegerla de todo aquel circo. En ese momento no me importaba a cuántos hombres malos había matado, ni si realmente me llegaría a dar una razón de peso o una causa lo suficientemente importante como para haber tomado esa decisión.

Volví a quedarme dormido mientras pensaba en ella y en sus bonitos cuadros expuestos en algún museo. Mi cuerpo comenzaba a quedarse paralizado por ese ciclo que nuestro cerebro tiene cuando estamos a punto de quedarnos KO. Fue en ese preciso momento cuando me precipité a la oscuridad más absoluta de un sueño que se preveía poco reparador. Con pájaros y bichos revoloteando por el techo de mi habitación.

5

Me despertó el sonido rabioso del teléfono fijo en la planta de abajo. Estaba aturdido. Intenté situarme y, cuando por fin recobré el sentido, me di cuenta de que Salomé no estaba en la cama. Me puse nervioso. Su ropa había desaparecido de la silla. Me incorporé y me froté los ojos intentando centrar la vista en el reloj de la mesita: las doce del mediodía. ¿Dónde estaba? Aquel ruido estridente no cesaba. Recordé que había apagado el móvil y salté de la cama. Abrí la puerta de la habitación. Un pequeño papel amarillo colgaba de ella pegado con un celo: era su letra, su preciosa letra cursiva escrita posiblemente con una de mis plumas.

No se asuste, señor Ross, no quise despertarle. He ido a dar un
paseo y comprar algo de tabaco. Se lo debo. No tardaré en
regresar.

Salomé

Respiré aliviado. El fino camisón de raso pendía de la percha del pasillo. Oí el chasquido del termostato de la calefacción. Las doce y media era una buena hora para dejar correr un poco de calor en aquella casa tan fría. Volví a la realidad y me apresuré escaleras abajo para llegar al maldito teléfono.

—¿Samuel? —La voz de Álex, mi abogado y mejor amigo, sonaba algo distorsionada al otro lado del aparato—. Samuel, soy Álex. ¿Quieres decirme dónde demonios te has metido? Te estoy esperando en El Clandestino. Es sábado. No sé si sabes en qué día vives.

Recordé que había quedado con él para desayunar y jugar una partida de golf.

—Dios, se me había olvidado totalmente, amigo —contesté mirando el reloj—. No puedo ir, Álex, tengo algo entre manos muy importante. Ayer estuve reunido con alguien. —Frené de golpe, no debía hablar de aquello por teléfono—. Ya te contaré.

—¿Va todo bien? Ya he leído la crítica del capullo de Cárcaba, voy a crujirle con una demanda —se rio ansioso.

—Escucha, necesito que me hagas un favor: averigua todo lo que sepas sobre Tomás Pastrana y una tal Salomé.

—¿Tomás Pastrana? ¿El hijo de Markus Pastrana? —preguntó algo preocupado—. ¿En qué coño andas metido?

—Ya te lo contaré, ahora no puedo. Tú haz lo que te pido. Averigua todo lo que sepas y el lunes pasa por mi casa por la tarde. —Aparté la cortinilla de la ventana y miré al exterior—. Escucha, sé discreto. El lunes hablamos. Tengo que dejarte.

Creo que me decía algo, pero no llegué a oírlo. Colgué el teléfono, nervioso, temiendo ver a Salomé en cualquier momento junto a la verja de la casa. Me duché, me afeité y, tras ponerme un vaquero gastado y una camiseta de manga corta, bajé a la cocina a desayunar. Me miré en el espejo del pasillo. Tenía la sensación de que no tardarían en salirme canas y que mi cuerpo perdería la fuerza física que mantenía. Cuarenta años ya... Decidí que era el momento de renovar mi vestuario.

En los noticiarios seguían dando vueltas a la trama Pastrana. Un periodista resumía a los espectadores los cargos por los que se acusaba al empresario y hablaba de la dificultad de las autoridades en conseguir una orden de registro, de todas las empresas tapadera, de las dos muchachas desaparecidas que habían sido vistas por última vez cenando con Markus y sus socios, etc. Bajé el volumen y cambié de canal hasta que di con otro noticiario del canal internacional que hablaba del mismo tema:

—Markus Pastrana fue detenido el pasado mes de enero acusado de tráfico de armas, extorsión y malversación de fondos. Tras varios años de investigación, la oficina del fiscal Jeremías Meza conseguía una orden de registro de una de las naves propiedad del empresario, donde se encontraron varios contenedores con armas cortas y rifles de asalto. Pastrana ha negado conocer las actividades de la empresa, en la cual tiene una participación con el recientemente fallecido Arturo Coelho. Fuentes cercanas a la fiscalía apuntan que, a raíz de unas escuchas, la Agencia Tributaria detectó un desvio de dinero a cuentas fuera del país.

»También se le investiga por la desaparición de María López y Ana Botas, dos estudiantes de Economía. Las jóvenes fueron vistas por última vez en compañía del empresario y sus dos socios cenando en uno de los restaurantes más importantes de la ciudad. Pastrana negó inicialmente conocerlas, pero las imágenes de las cámaras del local han puesto en entredicho la credibilidad del empresario, que ahora lucha por salir de prisión.

»Recordemos que Markus Pastrana no solo es propietario de las mayores empresas de publicidad y telecomunicaciones de la ciudad, sino que está estrechamente ligado al equipo de gobierno y es presidente de la federación deportiva. Por el momento, siguen las investigaciones y el secreto de sumario. La oficina del fiscal no ha querido hacer declaraciones. Varias naves industriales están siendo registradas en busca de más pruebas que aclaren la culpabilidad y la participación en los delitos imputados a Pastrana. Desde los juzgados de lo penal les ha informado Luis Castro».

Apagué el televisor al oír la verja metálica del jardín y dejé la puerta ligeramente abierta. Salomé entraba radiante con una bolsa de cartón marrón en las manos y el pelo recogido en una cola alta. Supuse que había pasado por su casa. Se había cambiado de ropa y llevaba un pañuelito a juego rodeando su cuello que se anudaba elegantemente bajo el lóbulo de la oreja.

Entró en la cocina y me sonrió.

—Buenos días, no quise despertarlo. —Depositó la bolsa sobre la encimera de la mesa y sacó dos paquetes de tabaco y unos bollos de pan dulces—. Tenga, coma algo. No es bueno tomar el café solo.

—Buenos días. ¿Descansaste?

—Un poco. Hacía tiempo que no dormía tan profundamente. Le agradezco que me dejara dormir en su cama. Pasé por el mercado y he dado una vuelta por la zona. Vive usted en un barrio muy acogedor, la gente va sin prisas. No es como el centro de la ciudad.

—Sí —afirmé. Probé el bollo, estaba delicioso—. Es una zona muy tranquila. Veo que has pasado por tu casa.

—Necesitaba cambiarme de ropa y coger algo de dinero.

—No necesitas dinero mientras estés en mi casa. No te faltará de nada.

Me sonrió y se sentó frente a mí. No recordaba que tuviera esos reflejos rubios en el pelo. Quizá la oscuridad de la noche me había impedido verlo con claridad. Me observaba mientras comía el bollo. Me sentí algo incómodo y me levanté para servirle un café. Al extender el brazo hacia la taza me fijé en una pequeña cicatriz que recorría unos diez centímetros por debajo del codo todo su brazo.

—¿Cómo te hiciste eso? —le pregunté.

—Me caí de un caballo de niña —dijo pasando el dedo por la marca—. Me rompí el brazo y me dieron varios puntos de sutura. Cuando uno es pequeño no tiene miedo a la muerte porque no se ve cercano a ella. Yo era una niña muy osada cuando quería hacer algo y me gustaba. Mi padre tenía amigos con caballos en el pueblo y yo siempre he adorado esos animales.

—Comprendo. Yo también tuve varias caídas aparatosas.

Me analizó de arriba abajo cuando volví a levantarme y otra vez sentí cómo sus ojos escrutaban cada detalle de mí, de una forma que me resultaba intimidante.

—Me pone nervioso que me mires así —le confesé—. Es como si buscaras algún detalle en mí en particular, un defecto o sabe Dios qué. Me intimidas, señorita.

Salomé soltó una suave carcajada y se acarició el pañuelito anudado a su cuello con dos dedos.

—Me llama la atención verle vestido así. Estoy acostumbrada a sus jerséis de pico de marca y sus pantalones de traje. Parece más joven. Me atrevería a decir que incluso le favorece ese atuendo juvenil.

Sonreí. Hacía mucho tiempo que nadie me decía un piropo y hasta lo agradecí.

—Veo que conoces perfectamente mis gustos —contesté.

—Ya le dije que era una ferviente seguidora suya desde hace años, señor Ross.

Me senté de nuevo con mi taza de café otra vez llena y ataqué el segundo bollo dulce. Salomé se inclinó hacia delante y me tocó el pelo.

—¿Sabe una cosa? Tiene el mismo estilo que Tomás. Si no fuera por lo oscuro de su pelo a veces me daría la sensación de que lo tengo delante con algunos años más. —Volvió a reírse y me besó en la mejilla.

—¿Eso a qué ha venido?

—Gracias, señor Ross —susurró.

—¿Por? —pregunté con un gesto algo infantil.

—Por escucharme.

Creo que ese fue el momento en el que me enamoré de ella.

Ninguno de los dos teníamos hambre, así que volvimos a sentarnos en las butacas de piel marrón del salón. Tras comprobar mi grabadora y que la cinta había registrado toda la conversación de la noche anterior, empezó nuestra segunda sesión.

—Tomás me ofreció mil euros al mes por una hora al día de clase. Era demasiado y se lo dije, pero él insistió en que los aceptara. Lo cierto es que, de esa forma, todo adquiría un color muy distinto a mi alrededor; el sueldo de la tienda más lo que él me pagara me daría para vivir bien y ahorrar dinero y eso, a fin de cuentas, era lo que yo había planeado. Aquel primer día no hicimos mucho. Como le dije, me explicó resumidamente lo que me podía encontrar si su madre se alteraba y las costumbres de su padre y su servicio. Me enseñó la casa, a excepción de la planta más alta, donde dormitaba Linda Pastrana, y me indicó que sería él quien me recogería cada día; de ese modo no tendría que coger varias líneas de autobús para llegar y me ahorraría mucho tiempo, y por supuesto dinero. Todo era maravilloso y los días siguientes fueron un sueño para mí. Tomás era un amante del arte, más incluso que yo. Sabía todo lo que yo sabía y, por supuesto, conocía mucho más de lo que mi mente podía imaginar. Había viajado por todo el mundo y conocía todos los museos y las galerías de arte más importantes: el Louvre de París, el Museo Metropolitano de Nueva York, el Museo Británico, el Hermitage de Rusia... Escucharle era maravilloso. Le hacía muchas preguntas, él me contaba miles de curiosidades de todos aquellos lugares y yo, señor Ross, cada vez me enamoraba más de él.

»Su estudio era como un oasis en aquel palacio de cristal y mármol, un templo aislado de la frialdad que emanaban las paredes del resto de la casa. Me sentía a gusto a su lado y fui muy feliz durante un tiempo.

»Una tarde, mientras estábamos pintando en su habitación, comenzaron a oírse unos gritos; Linda Pastrana parecía tener uno de sus ataques de pánico en el piso superior. A medida que pasaba el tiempo, se iban acercando y se podían oír con más claridad. Aquella tarde entendí por qué Tomás me había advertido de ello.

»—¡Maldita sea, he dicho que quiero ver a mi marido! —gritaba rabiada—. ¿Dónde demonios está Markus? ¡Apártate de mi camino, zorra estúpida! ¿Markus? ¡Maldita sea!

»Miré a Tomás. Tenía la mandíbula muy tensa mientras seguía pintando sin prestar atención al revuelo que se había montado en el exterior. Linda Pastrana cada vez se acercaba más a nuestra puerta. Dos voces más débiles que la seguían, posiblemente las enfermeras, le suplicaban que se calmara y le decían que debía tomar la medicación, que no podía hacer aquellos esfuerzos, que volviera a la cama a descansar.

»—¡He dicho que no tomaré esa mierda y que quiero mi botella de coñac! —vociferó—. ¿Tomás? ¿Dónde está mi pequeño? ¿Dónde está mi risueño hijo?

»Se abrió la puerta y Linda entró a trompicones. Estaba borracha o quizá drogada. Lo único que puedo decirle es que no estaba como debería estar una madre. Se quedó unos segundos agarrada al pomo de la puerta mirando a Tomás y luego fijó su vista en mí. Yo me había quedado helada frente al caballete y mi lienzo. Tomás tenía una expresión de enfado, de angustia, incluso podría decir que de decepción.

»—Querido mío —dijo suavemente—, estás aquí, mi amor. ¿Esta es la joven pintora? —Se tambaleó, se acercó a él y lo besó en la mejilla—. Tomás...

»—Madre... Sí, es Salomé —contestó sin ganas. Su voz era forzada y falta de sentimiento.

»Tengo que reconocer que era una mujer muy hermosa. Tenía una larga melena color platino que le caía por los hombros, detalle que me recordaba a una actriz de cine, junto con aquella bata de raso llena de brillos y encajes y su camisón a juego. Tomás había heredado los ojos de su madre, eran igual de azul intenso que los de ella. Y, cuando me sonrió cortésmente, se dibujaron en sus mejillas los mismos hoyuelos que tenía su hijo.

»—Hola, querida, un placer conocerte. Mi pequeño me ha hablado mucho de ti. —Volvió a mirarle fingiendo que no notaba su descontento y luego se aproximó con un gesto melodramático—. Tomás, no quiero que esas zorras me den más pastillas. Diles que me den mi coñac.

»—No deberías beber con la medicación, mamá. —Se levantó, se aproximó a ella, cogió su mano y la acompañó hacia la puerta—. Vamos, tienes que descansar. No puedes dejar de tomar la medicación, y mucho menos beber en estos momentos. Ya lo sabes.

»—Necesito un trago, hijo —suplicó—. Vamos, pequeño, solo un trago. Hazlo por mí, Tomás. Solo uno, hijo, y te dejaré tranquilo.

»La llevó por el pasillo hasta las enfermeras y su madre comenzó a gritar que le dieran una botella de coñac, que todas eran unas zorras y que él era igual que su padre.

»—Ahora comprenderás por qué no puedo traer a nadie a mi casa —dijo totalmente desmoronado—. No era así, Salomé, te juro que no era así, ella antes era una buena madre. Era una buena mujer...

»Intenté que no se sintiera avergonzado, pero me resultó imposible hacerlo. Tomás pasó el resto de la clase sin decir una sola palabra y yo, señor Ross, no me atreví a decir nada tampoco.

Hizo una pausa y se quedó pensativa. Me di cuenta de que tenía los ojos vidriosos. Parecía sinceramente trastornada, lo cual era bastante lógico dado el cariz que habían tomado los acontecimientos en su relato.

—Linda Pastrana disfrazaba su dolor y su miedo con alcohol y pastillas. Era y es una mujer atormentada que se ha rendido.

—¿Crees que teme a su marido? —pregunté.

—Creo que él es el único responsable de que ella esté así —dijo con contundencia, miró al suelo y se levantó—. ¿Le importa que me ponga otra taza de café?

—En absoluto, estás en tu casa, Salomé.

—Le traeré una si quiere.

Asentí con la cabeza y la vi alejarse por el pasillo. Volví a comprobar la grabadora y, cuando regresó, me dio la sensación de que había llorado. Tenía las mejillas ligeramente sonrojadas y el fino lápiz de ojos se había difuminado suavemente.

—¿Te encuentras bien? ¿Quieres que hagamos una pausa?

—No es necesario. Los recuerdos siempre nos atormentan, pero debo librarme de ellos alguna vez.

No pude sino pensar, allí sentado, mientras la observaba, en todas las razones que podrían haberla llevado a cometer un crimen. Salomé volvió a sentarse con la pequeña taza de porcelana entre las manos y su rostro, concentrado ahora en un punto fijo de la alfombra, reflejaba una especie de desasosiego, de desesperanza.

—Mi encuentro con Linda Pastrana fue breve pero intenso. Ese fue el primer día que la vi. Alguna vez más la había oído insultar a las enfermeras, pero aquello se convirtió en algo habitual y acabé por acostumbrarme. Los primeros días, tras terminar la clase, Tomás me acercaba a casa. Luego, con el paso de los días, alargábamos las horas y terminábamos cenando en algún restaurante de la ciudad para luego dar largos paseos hasta la madrugada. Un día, incluso acabamos comiendo un perrito caliente de un puesto ambulante en el parque. Tomás me dijo que hacía años que no hacía aquello y a ambos nos resultó gracioso acabar así la noche. Nos complementábamos, señor Ross, él me enseñó la grandeza de las cosas y yo le mostré cómo disfrutar de los pequeños detalles de la vida.

»Durante mis dos primeras semanas en casa de Markus Pastrana no coincidí con él ni una sola vez y, la primera vez que coincidimos, fue tan solo un momento. Salíamos en el coche de Tomás por el camino de acceso a la finca. El portón metálico estaba abierto y un coche esperaba para entrar. A medida que nosotros descendíamos por la calle, el otro coche subía y, al llegar a nuestra altura, ambos pararon. Fueron un par de minutos, señor Ross, pero puedo asegurarle que, aunque no lo hubiera vuelto a ver en mi vida, jamás me habría olvidado de su cara, de sus ojos y de esa mirada devastadora. Markus Pastrana bajó la ventanilla tintada de su coche y se quitó las gafas de sol. Era la antítesis de su hijo. Llevaba el pelo engominado y muy oscuro, tenía el cuello ancho y unos rasgos agresivos. Me llamaron la atención sus ojos, eran enormes y muy negros. ¿Ha visto alguna vez a una persona con los ojos totalmente negros? Yo ninguna hasta que conocí a Markus. Es difícil encontrar personas de ojos negros, como mucho marrones oscuros o pardos. Saludó a su hijo y me miró. Esa mirada es la que jamás olvidaré, como tampoco olvidaré la sonrisa que la precedió, casi tan desoladora como su forma de mirar, fría y calculadora. Como le digo, fue un encuentro muy rápido, pero su forma de observarme me incomodó muchísimo. No puedo explicarle mi primera sensación al ver a Markus, señor Ross; cuando aquel hombre me miró, simplemente no me trasmitió nada.

»Pasaron los días y durante la siguiente semana no volví a tener noticias de aquel hombre. Yo seguía con mis clases de pintura, mi trabajo en la tienda y mi príncipe azul de cuento. Pasaron los meses y Tomás me invitó a pasar un fin de semana en una pequeña cabaña a las afueras de la ciudad.

»—Iremos a la sierra, preciosa. Llevaremos algo de material. Quiero pintarte un retrato —me dijo—. ¿Serías mi modelo, Salomé?

»¡Cómo me iba a negar! Estaba deseando que viniera a buscarme ese sábado y pasar dos días con él totalmente a solas en un paraje apartado de todo el bullicio de la ciudad. Marisa me pidió repetidas veces que me llevara al menos el teléfono móvil conmigo. Ella aún no conocía a Tomás y no aceptaba no poder localizarme en todo el fin de semana. Le hice caso para que me dejara en paz, pero sé que solo se preocupaba por mí.

»Así fue como llegó mi esperado día. Preparé una mochila con lo justo para el viaje y una hora y media después estaba en una preciosa cabaña enclavada en el bosque en mitad de la nada. Creo que aquello era lo más parecido a mi hogar que había visto en mucho tiempo: los árboles, el aire puro, ese rumor de los riachuelos cercanos... La casa no era muy grande, lo justo para los dos, con un porche rectangular en la parte frontal, un salón comedor con un par de sofás, una cocina, un baño, una habitación y una sola cama. Creo que lo último ni él se lo esperaba, de verdad. Solo había que ver su cara, señor Ross; frunció el ceño y hasta se puso colorado. Ya ve, un hombre tan guapo que se supone que tiene la posibilidad de tener a cualquier mujer, que ha vivido al máximo y ha hecho lo que ha querido toda su vida, se ruborizó porque solo había una cama de matrimonio. Y no crea que yo no hice lo mismo, ya le dije que siempre fui un poco mojigata en ese aspecto y que nunca había tenido un novio serio. Así que me miró y dijo:

»—Salomé, te juro que esto no estaba preparado. Puedo llamar y cambiar la cabaña ahora mismo o, mejor aún, dormiré en el sofá.

»—No te preocupes. He traído un saco de dormir también. Uno de los dos puede dormir en él.

»—¡Por Dios! ¿Cómo puedo ser tan estúpido? Dije para dos, una cabaña para dos.

»Al final decidimos que él dormiría en el sofá y yo en la cama. Acepté solo para que se quedara tranquilo y estuviera convencido de que yo no pensaba mal de él. Tomás tenía una virtud: su cara expresaba todas sus emociones, desde las buenas hasta las malas, era imposible creer lo contrario. Así que, después de dejar nuestras mochilas, los víveres para el fin de semana y todos nuestros objetos personales bien organizados y ordenados, nos preparamos unos deliciosos cafés y Tomás comenzó a pintarme.

»Fue maravilloso ver cómo trabajaba. Cuando se concentraba en lo que hacía, los rasgos de su cara se marcaban con más intensidad y cada vez estaba más convencida de que lo que más deseaba en aquel momento era pasar la noche con él. Estaba tan obsesionado con que el retrato saliera perfecto; me pidió que me bajara la camisa por uno de los lados para que se me viera el hombro derecho, que apoyara la cabeza en el apoyabrazos del sofá y extendiera un brazo dejando que colgara por debajo de mi mejilla hacia fuera. Era una postura muy sensual pero bastante incómoda pasadas unas horas. Él no paraba de dibujar con su carboncillo, no dejaba de colocarme los pliegues de la camisa una y otra vez, de moverme los mechones de pelo buscando una caída perfecta, de subir y bajar la persiana intentando conseguir los efectos de luz que tenía metidos en la cabeza. Tres horas más tarde, le supliqué que diéramos una vuelta o no volvería a poder caminar por los calambres. Fue la primera vez que le oí reír con intensidad. Tenía todo el pelo revuelto y se había manchado la camiseta blanca con el carboncillo. Parecía un chico malo encantador y yo una pobre tullida que no era capaz de incorporarse del sofá. Gracias a Dios, hicimos una pausa y dimos un paseo por los alrededores. Luego regresamos a la cabaña, comimos y otra vez me vi con la misma postura tormentosa posando para mi príncipe. Me dormí profundamente y, cuando desperté, Tomás me había tapado con una manta y estaba a mi lado leyendo una revista antigua que debía de haber encontrado por algún rincón de la habitación.

»—¡Me quedé dormida! —exclamé incorporándome.

»—Mira, preciosa —miraba al frente con aquel brillo en los ojos tan lleno de vida—. Mira cómo está quedando.

»Un retrato bien hecho, señor Ross, absorbe todos los detalles de la persona: su esencia, su alma, incluso esos pequeños gestos que no sabemos que tenemos. Los personajes parecen estar vivos... Aquel era un buen retrato, era fascinante. Salté del sofá y me acerqué a mi propia imagen y, ¿sabe?, viéndome, me di cuenta de lo feliz que era, de lo bien que me sentía a su lado.

»Aquella tarde no pintó más. Nos pasamos el resto del día hablando. Yo le conté mis problemas con mi padre y él lo mal que había encajado el suyo que se dedicara a la pintura. Decía que los artistas eran unos muertos de hambre, que esa vida bohemia no era lo que quería para su hijo. Tomás me contó que se había ido a vivir unos años fuera por alejarse de él, pero que temía por su madre, que no quería dejarla sola en aquella fortaleza y que al final decidió regresar y terminar sus estudios en Madrid. No le he dicho sus años, señor Ross: tenía veinticuatro.

»No quiero alargar mucho esta parte de mi vida que no hace más que aumentar mi tormento. Como le digo, fue maravilloso. Aquella tarde, mientras charlábamos, Tomás me besó y de noche yo me retiré a la habitación sola deseando que me pidiera que le dejara dormir a mi lado, pero no lo hizo. Me despedí lo mejor que pude y cerré la puerta mientras él se acomodaba con varias mantas en el sofá. Sin embargo, nuestra separación no duró demasiado. De madrugada, desperté gritando como una loca. Él entró corriendo en mi habitación y me abrazó con fuerza. No recordaba qué había soñado, solo sentía una inmensa angustia y me balanceaba en sus brazos aferrándole con fuerza y suplicándole que no se fuera de mi lado.

»—No te vayas —repetía yo—. Quédate conmigo, quédate conmigo.

»—Por Dios, estás empapada. —Fue a la cocina y me trajo un vaso de agua—. Tómate esto. No me iré, tranquila.

»Se acostó a mi lado y me abrazó. Sentía sus suaves labios apoyados en mi frente y el calor que irradiaba su cuerpo mientras mis latidos se estabilizaban y la calma volvía a mí de un modo gradual. No podría describir con exactitud todo lo que sentí en aquel momento. Hay cosas que simplemente uno no puede explicar. Me considero una mujer afortunada porque, a diferencia de la gran mayoría de las chicas de mi edad, no había quemado esa etapa como si fuera una prueba que saltar para hacerse mayor. Yo jamás había estado con un hombre, pero era algo que no me preocupaba, que no tenía ningún sentido urgente para mí ni me avergonzaba. Quizá por eso y por mi forma de sentir las cosas tan intensamente, cada momento de aquella noche, cuando me acosté con él, fue como una descarga eléctrica que jamás olvidaré. Qué estúpidos somos a veces y qué poco nos fijamos en lo que realmente es importante cuando entregamos ese amor a alguien. Tomás era todo mi mundo en aquel instante, era mi seguridad frente a mi nueva vida, era el calor que añoraba de los brazos de mi madre o la tranquilidad adulta de mi padre, su protección, su fuerza. Él reunía todos esos puntos que a mí me daban la fuerza necesaria para continuar. Yo no me entregué a él por primera vez como cualquier joven de mi edad hubiera hecho. Yo le di mi alma, mi corazón y todo lo que había dentro de mí. Algunas personas, con el tiempo y los fracasos, desean recuperar todos esos pedazos de uno mismo que se dan a los primeros amores, no quieren cicatrices en su corazón ni recuerdos que adornar cuando pasen los años. Yo, en cambio, volvería a hacerlo una y otra vez. Del mismo modo y en el mismo orden. Eso, señor Ross, es amor. Algo que no se compra, que no se vende. Algo que no debe ser mendigado ni exigido. Es una conexión entre dos almas que va más allá del contacto físico. Por eso no puedo explicarlo, sería imposible».

El ruido de la grabadora nos interrumpió. Las pilas se habían agotado y Salomé aprovechó el momento para ir al aseo. Yo me apuré para cambiarlas y revisé que no se hubiera perdido nada de lo que me había relatado de la parte de la cabaña. Me levanté de la butaca con la intención de estirarme y miré el reloj. Estaba famélico, mi estómago empezaba a reclamar atención. Me dirigí a la cocina y preparé unos sándwiches de pavo y un par de refrescos. No era gran cosa, pero no tenía ninguna gana de ponerme a cocinar. No puse la televisión, no quería que ella se sintiera incómoda. Estaba convencido de que, si veía a Pastrana, sería muy desagradable para ella. Cuando pasé por delante del aseo, me resultó muy difícil no mirar hacia el interior, ya que la puerta estaba abierta y ella estaba de pie frente al espejo. Apenas se movía, ni siquiera se dio cuenta de que yo estaba delante con la bandeja entre las manos.

—¿Sucede algo? —pregunté—. ¿Te encuentras bien?

Bajó la cabeza, abrió el grifo y se mojó la cara. Me daba cuenta de lo difícil que era para ella avanzar con la historia de su vida.

—Sí, no se preocupe. —Me miró y, al ver la bandeja, esbozó una sonrisa de ternura—. No tenía que molestarse. Yo misma hubiera preparado algo.

—Es un tentempié, no sé qué te gusta comer, así que...

—Esto es perfecto. Me gusta la cola, hace tiempo que no bebo una.

Optamos por descansar un rato en una habitación anexa que usaba como estudio de vez en cuando. Ella miraba embelesada la decoración, los pequeños detalles de los muebles, las lámparas, las librerías.

—Pensé que solo las mujeres compraban lámparas de Tiffany y muebles de estilo colonial.

—Muchas cosas son regalos y otras, muebles que voy restaurando. Cuando pasas tantas horas en casa como yo, o tienes momentos de entretenimiento, o acabas como Edgar Allan Poe, escribiendo sobre cuervos que hablan y espectros.

Aquello le debió de hacer mucha gracia porque empezó a reírse como una loca. Se quitó los zapatos y se recostó en una butaquita con las piernas flexionadas hacia un lado.

—¿Sabes una cosa? No pareces una asesina, Salomé. Tu carta era dura, era una declaración de odio y poder que me sobrecogió, pero tú no encajas con el perfil de persona a la que estoy acostumbrado a tratar.

—No soy como las mentes que analiza, por eso es necesario que me entienda, que conozca mi historia para comprenderme. —Hizo una pausa y dejó el plato sobre la mesita—. Mire, la noche que le conocí yo no estaba allí por casualidad, usted sí. Yo seguía a Coelho, sabía que saltaría como un depredador sobre mí, pero creo en el destino, creo que las cosas pasan por algo y que usted aquella noche estaba allí por eso. —Bebió del refresco y se frotó la mejilla con la mano—. No existe la casualidad, todo es causalidad. Reconozco que no estaba con la misma actitud que me ve ahora. Pronto entenderá por qué me inundaban esos sentimientos tan destructivos.

—¿Y ese veneno? ¿Acaso no te reconoció Coelho cuando te vio?

—No sabe la cantidad de cosas que se aprenden de la naturaleza, la infinidad de mezclas que los venenos y las drogas pueden hacer en el organismo de una persona para luego desaparecer por el torrente sanguíneo y no dejar prueba. Y no, Coelho no me reconoció, estaba demasiado colocado y ansioso para ver nada —dijo tomando de nuevo el pequeño platito con el sándwich—. No tenga tanta prisa por saber los detalles, no dejaré ninguno sin contarle. Todo tiene un orden, señor Ross. ¿Ya me ama un poco? —se rio nuevamente, era maravilloso verla reír de aquella manera—. Tranquilo, no tiene que contestarme. Ya lo hará.

Negué varias veces con la cabeza como si la diera por perdida y tras terminar de comer, nos dispusimos a continuar. Nuevamente estaba descalza y subía delicadamente las piernas a la butaca. Me di cuenta de que llevaba las uñas de los pies pintadas en color lila y noté un ligero cosquilleo por la entrepierna. Ella me observaba como si leyera mis pensamientos; pedí a Dios que no tuviera esa capacidad. Se reclinó y encendió un cigarrillo.

—Me dijiste que, cuando te fuiste de tu casa, tenías dieciocho años. ¿Puedo preguntarte tu edad actual?

—Veinticinco.

—¿Tanto tiempo ha pasado? —Me estremecí en el sillón.

—Viajé durante varios años después de lo que ocurrió. Visité América del Sur, sus selvas, Colombia. Allí descubrí y aprendí los secretos de sus plantas y sus venenos. Ya se lo contaré, pero no he esperado por eso. Soy paciente, ahora es el momento.

—Cuando han detenido a Pastrana, ¿no?

—Cuando alguien te destroza la vida, tus sueños y tus ilusiones, te invade el dolor. Es como una época de luto. Te sientes débil e indefenso, estás perdido y no sabes más que llorar. Te preguntas por qué a mí, por qué si no soy una mala persona. Te compadeces de ti mismo. Luego el dolor desaparece y el odio invade todos los poros de tu piel. Esa rabia es demasiado peligrosa porque te hace ser impulsivo, visceral y cruel, y eso no es la solución. La siguiente fase es la de la frialdad. El momento de pensar qué quieres hacer. Meditas las cosas, tu odio no se ha ido, pero te vuelves calculador y frío, te desprendes de tu humanidad y, de esa forma, de tus defectos.

—Te has deshecho de los dos socios...

—Nunca he dicho tal cosa —murmuró, sonrió maliciosamente y prosiguió—. Si su pregunta es por qué no he hecho lo mismo con Markus, la respuesta, señor Ross, es evidente: no es lo que quiero para él. No permitiré que sea un mártir.

—¡Maldita sea! —exclamé—. Hablas como una anciana. ¿Tanto daño te ha hecho?

—No se imagina cuánto.

Me incliné hacia atrás y me revolví en el sofá. Tenía veinticinco años y su capacidad de razonamiento, la calma en sus palabras y en sus movimientos eran los de una mujer mucho mayor que ella. Había dado clase a cientos de alumnos, muchos de ellos con un coeficiente por encima de la media, pero aquella joven, aquella pequeña mujer que tenía frente a mí me desconcertaba cada vez más. Necesitaba que siguiera con su historia. Suspiré profundamente y por un momento pensé en pasar mi mano por su hombro y animarla. Ella se mantenía inmóvil contemplando la calle que se veía a través de la ventana, con la mano apoyada en la mejilla y sus pequeños pies asomando bajo la falda.

«¡Qué hermosa eres, Salomé! —pensé para mí—. ¿Dónde has estado toda mi vida?».

—Me gustaría hacerle una aclaración antes de continuar —dijo de pronto—. No busco que se compadezca de mí, no le cuento todo esto para dar pena, no es mi intención. Soy sincera cuando le digo que le necesito, no solo por el favor que le voy a pedir, y créame que es un gran favor, sino porque solo usted puede escribir mi historia de la forma que quiero que la cuente. Nuestros caminos se han cruzado por el destino, tengo claro que algo o alguien ha querido que sea así por alguna razón. Por eso la noche que le vi mi rabia y mi ira desaparecieron por completo, me di cuenta de que usted estaba ahí diciéndome de alguna forma: «Espera, hay otro camino, ahora es el momento». —Se incorporó y me pasó la mano por la rodilla—. No me mire así. Antes de que acabe el domingo tendrá todas sus respuestas. Sigamos, pues, todavía queda mucho que contar.

Volví a resoplar en silencio al sentir su tacto sobre mi pierna. Pulsé el *play* y me recosté de nuevo sobre la piel de la butaca.

—Todo fue perfecto aquel fin de semana y regresé pletórica. En casa le conté cada detalle a Marisa. Esta, aunque todavía sentía cierto recelo por Tomás, se iba envolviendo de la magia de mis palabras, de los detalles que él tenía conmigo y de su personalidad. El retrato se lo llevó él, quería tenerlo en su estudio. Decía que le inspiraba, que sentía que yo le observaba y acompañaba cuando no estaba.

»Una tarde, Tomás se animó a subir a casa y le presenté a la que ya era parte de mi vida. No sabe la ilusión que me hizo lo bien que se compenetraron. Marisa, después de conocerlo, estaba más relajada con mis visitas a su casa, aunque seguía advirtiéndome que tuviera mucho cuidado con su padre, que no era trigo limpio y que fuera cauta. Muy a mi pesar, al cabo de unas semanas, comprobé que mi amiga tenía razón... Yo había subido a la casa con Tomás y nos disponíamos a dar nuestra clase de pintura cuando Linda Pastrana sufrió un ataque de ansiedad en mitad del pasillo. En el momento que Tomás salió, estaba rompiendo toda la cristalería de las estanterías y gritando que quería su botella de ron. En la trifulca, una de las enfermeras se cortó accidentalmente con los restos de un vaso y Tomás me pidió que esperara en casa mientras la llevaba al centro de salud más cercano. Mientras la otra enfermera conseguía calmar a la señora Pastrana y la acompañaba a la planta superior, me quedé en la habitación durante un rato preparando los lienzos y, tras unos minutos, pude oír al señor Pastrana llegar a la casa y pasearse por el salón anexo. Hablaba algo alterado con el servicio, preguntando qué demonios había pasado con su mujer y por qué le habían molestado para aquella tontería. Ya ve, señor Ross, su mujer siempre fue un peso para él. En ese momento me compadecí de Linda enormemente. Tomás tardaba y yo me sentía algo incómoda, pero oí voces y me pareció que mi príncipe ya había llegado, así que salí de la habitación y me dirigí por el pasillo en busca de él. Markus estaba en mitad del salón hablando por teléfono y, cuando me vio, colgó y se giró hacia mí.

»—Hombre..., Salomé... Es ese tu nombre, ¿verdad? —dijo con soberbia—. ¿Te puedo ayudar?

»—Disculpe. —Me puse nerviosa, aquel hombre me imponía demasiado—. Confundí su voz con la de Tomás. Me dijo que no tardaría y que esperara aquí.

»Se metió las manos en los bolsillos de su pantalón de traje. Llevaba un jersey de cuello de cisne negro y eso le hacía parecer más agresivo de lo que yo recordaba. Se acercó a mí demasiado, tanto que no pude sino dar un paso atrás. Ni siquiera recuerdo muy bien qué le dije con exactitud, estaba tan asustada que no sabía cómo alejarme de allí. Aquel hombre llevaba implícito el peligro en cada gesto, en cada movimiento o mirada...

»—Mi hijo tiene muy buen gusto para las muchachas —murmuró haciendo una mueca burlona y volvió a pegarse a mí—. Algo tenía que heredar de mí. Se parece demasiado a su madre.

»Estaba algo descolocada, me había acorralado contra la pared y me observaba con un gesto obsceno que hizo que yo ladeara la cabeza. Al principio me vino una leve duda de si estaría algo bebido, pero solo olía a perfume, no detecté ni un atisbo de embriaguez en él. Simplemente era así. Me devoraba con los ojos ferozmente. Intenté apartarme de él, pero puso las palmas de las manos a ambos lados de mi cabeza y me regaló una sonrisa mezquina.

»—Eh, eh... Tranquila... Solo quiero saber qué clase de *zorrita* se está follando a mi hijo. Igual hasta podemos llegar a un acuerdo.

»Era despreciable. Entendí de pronto por qué Tomás jamás quería llevar a nadie a su casa, por qué sentía tanta necesidad de apartarme de todo lo que tenía que ver con su familia, con aquella casa. Aquel hombre era perverso, no respetaba nada, estaba tan podrido de dinero y poder que se sentía el propietario y señor de todo lo que tenía alrededor.

»—Apártese de mí, señor Pastrana —le pedí. Sin embargo, se echó a reír y me cogió la cara con una mano—. No me toque.

»—Vaya... Una zorra con dignidad. Eso me encanta. Con carácter.

»Intentó meterme la mano por debajo de la falda y le di un fuerte bofetón. Estaba muerta de miedo. Él ladeó la cara y volvió a mirarme mientras se lamía un fino hilo de sangre que le corría por la comisura de la boca. Su risa, su forma de reírse me heló la sangre. Estaba disfrutando... Me agarró por el cuello y me empotró contra la pared. Pasó su asquerosa lengua por mi mejilla y no lo soporté más: rompí a llorar como una loca.

»—Eres un reto para mí desde este momento, Salomé —me susurró—. No ha nacido mujer en este mundo que me rompa a mí la cara y no pague un precio muy alto por ello.

»Entonces vi a Linda, vi a Linda Pastrana en el umbral de la puerta con sus manos temblorosas y su bata de actriz de cine resbalando por uno de sus hombros. Di gracias a Dios en silencio mientras me aferraba con fuerza y seguía sintiendo su lengua odiosa por mi cuello. Markus se giró y, al verla, se apartó de mí, pero lo hizo sin ninguna prisa, como si lo único que estuviera haciendo fuera tener una charla conmigo y ella hubiera interrumpido ese momento glorioso.

»—Tu deberías estar arriba descansando y no paseando por la casa como una maldita alma en pena —le dijo a su esposa.

»Pasó por delante de ella y salió del salón dejando a Linda junto a mí. Yo no podía dejar de llorar. Tenía toda mi ropa arrugada y un ataque de ansiedad en toda regla. Creí que se acercaría a mí y me ayudaría, que me consolaría y me diría que su marido era un monstruo y que no volvería a tocarme nunca más, pero qué equivocada estaba...

»—Niña, eso te pasa por provocarle.

»No podía creer lo que decía.

»—¿Qué está diciendo? ¡Usted ha visto lo que ha pasado! ¿Dónde está Tomás? ¡Tengo que hablar con Tomás!

»Se acercó a mí tambaleándose, me cogió por el brazo y sacó fuerzas para zarandearme.

»—Tú no vas a decirle nada a mi hijo, muchachita. Porque, si lo haces, le diré que fuiste tú quien le provocó y lo buscabas... ¿A quién crees que creerá? ¿A una chica que acaba de conocer o a su madre?

»La miré atónita y me limpié las lágrimas con el dorso de la mano. No podía creer que aquella mujer, después de ver lo que había pasado, fuera capaz de decirme aquello. Fijé la vista en un punto del suelo intentando recuperar la serenidad, estaba totalmente desorientada y alterada. Comprendí en ese momento que ella sabía que su marido era un hombre despreciable capaz de cualquier cosa.

»—No voy a permitir que destroces mi familia y que mi hijo sufra —continuó—. ¿Me has entendido bien? —murmuró muy bajo—. Esto no ha pasado y tú vas a esperar sonriente a mi hijo y no le dirás nada.

»Me fui a la habitación de Tomás totalmente destrozada y aún temblando. Estaba aterrorizada. Pensé en salir corriendo de allí, pensé en contárselo todo y esperar que me creyera, pero era una cría, estaba muerta de miedo y las dudas empezaron a invadirme, y me equivoqué. Hice el papel de mi vida y me equivoqué. Cuando Tomás llegó pasadas más de dos horas, no fui capaz de contarle lo que había pasado. Saqué una sonrisa de lo más profundo de mí y, tras esperar hundida a que me contara que había una cola inmensa en el centro de salud, me llevó a casa. Aquella noche, Marisa no estaba en casa y le di gracias a Dios, no habría tenido fuerzas para contarle lo que me había pasado. La vergüenza, la humillación y el desconsuelo me invadían con tal intensidad que, al llegar a mi habitación y cerrar la puerta, comencé a llorar sin control.

»No dormí en toda la noche y no dormí muchas noches más. Tomás se daba cuenta de que algo me pasaba, me costaba hacer el amor con él, me costaba ir a su casa y darle clases de pintura si presentía que sus padres rondaban por los pasillos. Me preguntaba qué me pasaba, si algo me había molestado de él. Yo simplemente le decía que solo era cansancio, que últimamente tenía mucho trabajo en la tienda y mentiras así.

»Pasaron las semanas y los meses y aquel incidente fue poco a poco desapareciendo de mi vida. Marisa terminó sus últimos exámenes y un día me sorprendió con la noticia de que se iba un año a estudiar el MIR fuera del país. Yo creí morir: mi única amiga me dejaba sola y tenía que buscar otra casa, volver a empezar de nuevo. Pero la humanidad de Marisa no tenía fin, ella me ofrecía la posibilidad de quedarme allí pagando las facturas de gas y luz y cuidando de la casa.

En aquel momento, se me abrió de nuevo el mundo. Ahora la casa sería solo para mí, podría dar las clases de pintura en ella, estar con Tomás... Todo con tal de no volver a pisar aquel infierno de mármol y cristal. Por aquel entonces, me había convencido a mí misma de que no decirle a Tomás lo que había pasado con su padre era la mejor decisión que había tomado, y no ya por el miedo a que su madre me culpara, sino por el simple hecho de no hacerle sufrir. Así que decidí olvidarme totalmente de aquello y disfrutar de mi vida y de mi príncipe, que pasaba largas horas conmigo, noches enteras de amor y de pasión y horas maravillosas para ambos. Qué poco iba a durar esa felicidad...

Se inclinó hacia delante, apagó su cigarrillo y desvió la mirada hacia un lado del salón. Me di cuenta de que no iba a continuar su historia, no en ese momento. Me acarició la mano, apoyándose sobre el reposabrazos y me sonrió amargamente. No entendí en ese momento aquella descarga eléctrica tan placentera que sentí a su tacto, esa energía que irradiaba de su mano que me hacía desearla con toda el alma. Apagué la grabadora y me quedé expectante. Ella no dejaba de mirarme, no dejaba de suplicar de alguna forma que creyera sus palabras.

—¿Ha amado alguna vez?

—Creo que sí —contesté.

—Esa no es una respuesta —musitó—. Si amó alguna vez, no lo *cree*, simplemente lo asegura con rotundidad.

—Me cuesta diferenciar entre *querer* y *amar*, Salomé.

—Tiene razón, incluso a veces confundimos la necesidad de no estar solos con la necesidad de la otra persona. —Seguía con su mano sobre la mía y me apretaba suavemente—. Yo quería a mis padres y, si los hubiera tenido, hubiera querido a mis hermanos. Con Tomás tenía ese querer de un amigo, el deseo de un amante y la complicidad de un hermano; eso, señor Ross, era amor. Al menos para mí lo era.

—Una buena definición, pero sigo sin saber qué contestarte. —Me quedé pensativo unos momentos—. No puedo asegurarlo con rotundidad. No he amado nunca, por lo tanto...

Estiró el otro brazo y puso su mano en mi mejilla. Sinceramente, en mis cuarenta años jamás nadie me había acariciado la mejilla con esa dulzura tan vehemente. Me quedé por segunda o tercera vez, no lo recuerdo, inmóvil y sin saber qué hacer. Sus ojos reflejaban un verde intenso y sus pestañas perfectas coloreaban su rostro ovalado de un modo exquisito. Me dieron unas inmensas ganas de besarla, de morder aquellos labios tan carnosos y sensuales, pero ella se adelantó, se inclinó hacia mí y, con la misma calma que la caracterizaba, me besó. Creo que hice un amago con la intención de apartarme, pero su mano me sujetaba la mejilla y pronto la otra hizo lo mismo. Un beso, solo fue eso. Pero para mí fue un mundo.

Se apartó y me dejó como una figura de cera. Volvió a sonreírme sin dar la más mínima importancia a lo que había hecho. Yo tenía claro que sabía que la deseaba con toda mi alma, estaba seguro de que notaba todos los cambios que mi cuerpo experimentaba cada vez que ella me rozaba.

—Usted intenta analizar mi mente como si estudiase la mente de una persona que ha matado a alguien. Intenta colocarme en una de esas pirámides estructurales con los distintos perfiles que conoce como siempre ha hecho, ¿verdad? Ya le dije que he leído lo que escribe con mucha atención: «Los muertos son muertos; sin embargo, son los protagonistas de una historia macabra en primera persona, la causa de la irritación de un sujeto desesperado por pintar un cuadro con ellos o de la adoración de un coleccionista de mujeres, que las guarda secretamente en su casa. Pueden haber sido elegidos por excitación, por envidia o por vanidad». Eso pone en sus tratados y eso es lo que se enseña en las escuelas de criminología. Pero no puede sentarse frente a ellos y pedir que le hablen, señor Ross... —musitó—. Yo soy una buena persona. Es difícil para usted imaginarlo, pero quizá esta vez sea la primera en la cual tenga que terminar su libro diciendo: «Sí, ella los mató, pero era una buena persona».

«Ella los mató, pero es una buena persona».

Arqueó los labios en una mueca burlona y me guiñó un ojo. Yo seguía totalmente descolocado y mirándola como un idiota. Solo sentía el susurro de sus suaves y amables palabras. Su timbre de voz parecía sincero, cauto, pero sobre todo íntimo y benevolente. Y había algo elocuente en su forma de sonreír.

«Pero no experimentas ningún miedo, Salomé. Si no hubiera sido así, nunca te habrías aventurado a seguir a esos hombres para luego matarlos. Sin embargo, eres tan joven...».

—Señor Ross.

—Sí —desperté.

—Vuelva conmigo.

Carraspeé y me acomodé en la butaca. Parecía un adolescente ante su primera cita.

—Encienda su grabadora —dijo entonces—. Quiero seguir contándole lo que pasó. No le dé vueltas a las cosas que aún no pueden tener una respuesta. No merece la pena.

Su comentario me dejó fuera de juego. Ni siquiera había apartado la mirada de su taza de café y parecía haberme leído el pensamiento.

—Desde que me había ido de Galicia, no había vuelto a ponerme en contacto con mi padre. Llamaba a mi madre cada dos o tres días y nos pasábamos horas hablando de todo lo que veía en la capital. Le hablaba de Tomás, de lo bien que empezaban a irme las cosas y de la cantidad de cuadros que en mi tiempo libre pintaba con él. Mi madre siempre me pedía que tuviera cuidado, pero, con el paso de los meses, dejó de hacerlo. Estaba tranquila, sentía que estaba protegida de algún modo y que mi trabajo era seguro. Claro está, no conocía a la familia Pastrana. Si hubiera sido así, posiblemente habría venido a buscarme. Mi padre, en cambio, jamás me perdonó. Sé que mi madre le contaba de vez en cuando cómo me iba, pero su orgullo le impedía hasta preguntar por mí. Sin embargo, tengo la certeza de que mi padre estaba tranquilo con las pocas noticias que mi madre conseguía que escuchara. Sé que, en lo más profundo de su corazón, me seguía queriendo.

»Con el paso de los meses, el amor de mi vida hacía cada vez más planes de futuro. Quería abrir una galería, comprar una casa y llenarla de obras de arte. Pensábamos en una vida juntos, en ser felices...

»Tomás sabía lo importante que era para mí conseguir todo lo que me había propuesto y, aunque yo quería lograrlo sola, le era imposible no tratar de ayudarme. Alguna que otra vez hasta llegamos a discutir por ello. ¡Qué terco era, señor Ross! Los hombres son muy cabezones cuando algo se les mete en la cabeza. Hiere su orgullo que una mujer siga en sus trece y no quiera su ayuda. Al final conseguí convencerlo y ambos cedimos de alguna forma. Yo acepté su idea loca de comprar una casa para los dos cuando terminara mis estudios, y él aceptó que con mis ahorros me pagara la carrera. No volvimos a discutir sobre el tema, aunque él me engañó relativamente. —Al momento sonrió y dio un gran suspiro—. Dos meses después de aquella decisión, me sorprendió con la compra de una bonita casa a las afueras de Madrid. Me dijo que no me enfadara, que había sido una casualidad y un gran chollo. Recuerde, señor Ross, estuvo en la casa la noche que me conoció.

»Me enfadé un poco con él, aunque estaba radiante de felicidad y le hice prometerme que no iríamos a vivir allí hasta que no acabara su último curso. Si lo recuerda, la casa era la antítesis a su hogar, y quizá por eso comprendí por qué su necesidad de comprarla tan rápido. Aquel lugar representaba todo lo que la mansión de Markus Pastrana no poseía: era una casita al estilo victoriano llena de flores, grandes ventanales de colores y calidez allá donde miraras.

—¿Dónde está ahora Tomás Pastrana? —pregunté—. ¿Llegó alguna vez a saber lo que te pasó con su padre?

Me miró confusa, incluso daba la sensación de no saber qué debía contestar en ese momento.

—Nunca le dije lo que pasó con Markus, pero creo que él sabía que algo malo me había sucedido. Tenga en cuenta que no quise volver más a su casa, siempre le daba alguna excusa y él tampoco insistía. Incluso llegué a pensar que jamás me preguntó nada por temor a mi respuesta —contestó suspirando profundamente—. Solo quería protegerle. Ahora está fuera del país. Después de todo lo que ocurrió, se alejó de aquí. Tenga paciencia. —La observé y simplemente esperé—. Como le dije, mi vida iba sobre ruedas. Seguía ahorrando mucho dinero y el curso siguiente podría matricularme en la Universidad. Había hecho mis cálculos y al final la compra de la casa acabó resultando una buena idea. Cuando Marisa regresara del extranjero, yo me iría con mi príncipe a nuestra casa de ensueño. A veces visitábamos los grandes centros comerciales, mirábamos muebles, discutíamos sobre qué poner en el salón o en las habitaciones, incluso qué cuadros comprar para la casa. No se confunda, no eran discusiones de enfado, eran conversaciones picajosas de las cuales disfrutábamos como niños. Yo a veces le llamaba *hortera* y él me amenazaba con comprar un sofá rosa con lunares. Era feliz. Sé que se lo he dicho ya mil veces, pero no me cansaré de repetirlo.

Una tarde, Tomás me sorprendió con una noticia. Le habían llamado de una de las galerías más importantes de Barcelona, habían visto sus cuadros en una de las exposiciones que la Universidad hacía cada año y querían negociar con él una exposición allí. Me alegré muchísimo por él y le animé a que fuera a verlos. Era una gran oportunidad, su sueño hecho realidad, exponer sus pinturas, enseñar al mundo su trabajo. Tenía que pasar tres días allí y no estaba dispuesto a dejarme sola, pero era ridículo, a mí me resultaba imposible acompañarlo por mi trabajo y era una oportunidad maravillosa que no podía desaprovechar. Tenga en cuenta que, desde que nos conocimos, no nos habíamos separado, señor Ross. La cuestión es que, al final, partió hacia su preciada exposición y yo me quedé sola esperando su vuelta. —En ese preciso instante, Salomé cerró los ojos y comenzó a llorar en silencio—. Sería la última vez que lo vería —balbució —y ni siquiera le había dicho lo mucho que lo amaba.

6

Esa fue la primera vez que vi a Salomé llorar, la primera vez que me di cuenta de hasta qué punto había sufrido, cuánto amaba a aquel hombre y lo mucho que le costaba avanzar con su historia. En ese momento tuvo veinticinco años por primera vez. Desde el primer momento que había entrado en mi casa y contado su historia, se había comportado de una forma fría y excesivamente relajada. Sus palabras estaban carentes de sentimiento, carentes de cualquier señal de sufrimiento, pero, poco a poco y a medida que pasaban las horas, Salomé daba paso a lo que realmente era, una muchacha atormentada por su pasado. Se me partió el corazón al verla así. Apagué la grabadora y me incliné hacia ella con la intención de consolarla de alguna forma. Ella no dejaba de llorar y de balancearse, no dejaba de susurrar palabras ininteligibles, compadeciéndose quizá de no haber actuado de otra manera. Al final, acabó derrumbándose en mis brazos. Se aferraba con fuerza a mi pecho, sujetaba con las manos mi camiseta y embadurnaba con su fino lápiz de ojos la tela blanca de esta. No entendía por qué no había vuelto a hablar con Tomás, no entendía muchas cosas de aquella historia que se anunciaba trágica. Las dudas me provocaban una impotencia inmensa. Sin toda la verdad, no podía consolarla, no podía decirle que no había hecho nada, que no tenía la culpa de lo que había ocurrido..., pero en aquella historia faltaba algo, algo demasiado aterrador para olvidarlo, lo que explicaría por qué ella no había corrido a buscar al amor de su vida, por qué había huido de su lado para siempre.

Me vi disculpándola una y otra vez, me repetía a mí mismo que aquel ser tan maravilloso tenía que tener una razón importante para hacer lo que había hecho, que era imposible que aquella joven tan llena de luz acabara con la vida de un hombre con tanta facilidad y sin remordimientos.

No le fue posible proseguir con su historia, estaba demasiado afectada para continuar hablando. La llevé a mi habitación, la metí en la cama y la arropé con las mantas para que descansara. Ella, mientras tanto, se aferraba a mi mano, me suplicaba que no la dejara sola, que me quedara a su lado hasta que se durmiera. Yo no podía negarme, no quería hacerlo. Me acurruqué a su lado y la abracé con fuerza mientras empezaba a entrar en una especie de duermevela. Recordé lo que me había contado de la noche de la cabaña, me vi siendo protagonista de aquella historia y entendí al joven Pastrana y su pasión por ella. ¿Quién podía no ceder a toda aquella luz? Y no eran sus atributos, que por supuesto los tenía, más bien era una belleza que irradiaba desde dentro.

Me pasé mucho tiempo observándola mientras dormía: su rostro congestionado por todo aquel dolor, su pelo, la forma de respirar y el modo de suspirar con pequeños mohines como si fuera una niña. Tan férrea como el mármol en determinados momentos y a la vez... tan quebradiza como el cristal.

«Salomé, ¿qué te hicieron que tanto daño reflejan tus ojos? ¿Qué pasó para ocultar tu dulzura y tu fragilidad?».

Apenas habían dado las siete de la tarde cuando conseguí desprenderme de sus brazos y me fui a la cocina para preparar la cena. Seguía con el móvil apagado y, cuando lo encendí un momento para comprobar las llamadas, tan solo tenía varias de Álex de primera hora de la mañana. Di gracias a Dios por haber salido de aquella habitación, estaba demasiado confuso para pensar con claridad. La deseaba, la deseaba con toda mi alma, pero a la vez me sentía un traidor por ello. Ella estaba sufriendo, estaba llorando entre mis brazos, y lo único en lo que yo pensaba era en besarla y sentir su cuerpo. Me humedecí la cara en el fregadero de la cocina y comencé a sacar cosas de la nevera para olvidarme de ese calor que me quemaba. Opté por hacer una ensalada de pasta y unos entrecots a la pimienta. No era gran cosa, pero me ayudaría a no pensar en lo que empezaba a convertirse, para mí, en una obsesión.

Preparé la ensalada mientras Salomé dormía en la habitación de arriba. Mientras cocinaba, recordé mi petición a Álex para que averiguara todo lo que pudiera sobre Tomás Pastrana y «una tal Salomé», y me sentí el hombre más despreciable sobre la faz de la Tierra. Tenía demasiadas dudas, demasiadas incógnitas por resolver. Abrí una botella de vino y me serví una copa, puse el televisor y otra vez las noticias volvían a hablar de los cargos contra Pastrana y de las dos muchachas desaparecidas. Pastrana tenía varias denuncias que habían ido saliendo por abuso de menores, padres anónimos protegidos por la policía que aseguraban que sus hijas afirmaban que Pastrana las había obligado a hacer cosas a cambio de dinero. Eso era algo ambiguo, podía ser cierto o podía ser también el afán de ganar dinero en las decenas de programas que debatían el escándalo. Me quedé apoyado en la encimera con la copa en la mano y el paño de la cocina colgando del hombro. Unas imágenes de Pastrana aparecían en aquel momento en la pantalla; Salomé tenía razón, era un hombre que trasmitía maldad por todos los poros de su piel. Las imágenes eran del momento de su detención, lo sacaban dos hombres uniformados de uno de sus despachos entre cientos de periodistas y una lluvia de *flashes*. Pastrana había mirado a la cámara con frialdad y había sonreído hipócritamente. Permanecí observando a aquel hombre, cómo lo metían en el coche, cómo se lo llevaban del lugar, y entonces me di cuenta de que Salomé estaba en el umbral de la puerta y miraba atónita las imágenes. Me apresuré a coger el mando y apagar el televisor, pero ya era demasiado tarde para ello. Estaba despeinada, con su falda arrugada y descalza en mitad de la cocina. Bajó la mirada y avanzó despacio hacia mí, se frotó los ojos, ya sin un ápice de maquillaje en ellos, y me besó en la mejilla poniéndose de puntillas. Sé que disimuló su angustia porque no dijo nada; sé, en el fondo de mi alma, que aquello de algún modo le había abierto una herida en lo más profundo de su corazón.

—¿Ha descansado la señorita? —pregunté sirviéndole un poco de vino, intentando hacerle olvidar el momento.

—Siento la escena. No pretendía derrumbarme de ese modo, me siento avergonzada.

—No seas tonta. Lo importante es que te encuentres mejor y que comas algo —apostillé. La veía extremadamente delgada—. He preparado la cena, necesitas comer.

Me sonrió dando un trago al vino tinto. La forma de limpiarse la boca con la mano me resultó graciosa, era como una niña de doce años esperando el desayuno todavía dormida. Tenía el rostro relajado, ya no se preocupaba por parecer perfecta. Se sentó sobre la encimera de la cocina y balanceó sus piernas en el aire. Solté un prolongado suspiro y continué con mi tarea de preparar la crema para los entrecots. Salomé no dejaba de observar con unos ojos vivarachos cada detalle, cada uno de mis gestos.

—Espero que no seas de esas chicas que solo comen vegetales y verduras —le dije con humor—. Tendríamos un serio problema.

—No se preocupe, está bien así.

—Mejor, porque estás muy delgada, una mujer como tú tiene que alimentarse bien para estar sana. Las modas de hoy en día son el preámbulo a una extinción de la belleza de las formas. Tenemos muy distorsionados nuestros valores.

Soltó una leve risa de amargura y negó varias veces con la cabeza. Me pareció que no le había gustado mi comentario y me disculpé con ella.

—No se preocupe, no me molesta que intente cuidarme —dijo—. Hace mucho que nadie se preocupa por mí, se lo agradezco con todo el corazón.

Cenamos tranquilamente los dos en la cocina, sentados uno frente al otro en la mesa, bajo la tenue luz de la lámpara del techo que irradiaba sobre su rostro destellos ambarinos. Volví a tener la sensación de que comía con miedo, de que jamás había probado un entrecot o una ensalada, igual que había sentido el día anterior con la pasta. Le quité importancia, comía despacio pero se veía que le gustaba.

Durante la cena, le hablé de mis charlas, de mis libros y de mi relación con Rita. Ella me escuchaba atentamente sin interrumpirme, como si necesitara no ser la narradora de ninguna historia aquella noche. Le hablé del amor que sentía por mi profesión, de que mi relación había fracasado por lo mismo que su madre le había dicho: si alguien te quiere, debe dejarte cumplir tus sueños; y Rita no estaba dispuesta a renunciar a muchas cosas por mí. Aquello me hizo pensar en algo bastante desconcertante: ¿Y yo? ¿A qué habría renunciado por ella?

—Mi... Rita fue criada por sus tíos desde muy pequeña. Su padre se suicidó cuando ella no tenía ni diez años y su madre falleció cuando era un bebé de apenas unos meses por un cáncer. Quizá por eso valoró siempre mucho la familia que yo no estaba dispuesto a darle, Salomé. Al menos no en ese momento. Su tío, el hermano de su padre, se ocupó de ella. Para el tío de Rita, Abraham, fue muy duro perder a su hermano y se cernió sobre la familia, o lo que quedaba de ella, una confusión devastadora. Muchas veces y durante el tiempo que Rita vivió con sus tíos Abraham y Margaret, les preguntó por qué su padre había hecho aquello, por qué la había dejado sola con tan solo diez años, consciente del tormento que significaría para ella perderle de esa forma, sin una oportunidad para despedirse, para decirle que le quería o para intentar que alguien le conveciera de no hacer aquella locura. Pero su tío no tenía respuestas a todas esas preguntas, no sabía cómo afrontar que su hermano pequeño, un buen policía, se pegara un tiro en mitad de la noche mientras su única hija dormía a varios metros de él. Con el tiempo, Abraham fue capaz de mudar su expresión de abatimiento. Una noche, mientras Margaret preparaba la cena para todos, Rita me contó que se había acercado a ella y había comenzado a hablarle de su padre. Rita ya tenía quince años, era mayor para comprender ciertas cosas, para llegar a entender por qué había pasado todo aquello, por qué su padre, un hombre honrado, un policía intachable y un esposo fiel hasta que su madre falleció, había decidido aquella noche quitarse la vida y con ello destruir los sueños de una niña que acababa de empezar a vivir.

—¡Santo cielo! ¿Por qué lo hizo?

—Fue un trágico error —respondí—. Cuando Rita era pequeña, su padre estaba en mitad de un tiroteo y una bala perdida de su arma mató a un hombre inocente con familia. Jamás se lo perdonó, jamás lo superó. Y por eso se quitó la vida. Como puedes imaginar, y aunque sus tíos la adoraban, Rita no tuvo una infancia normal y deseaba con toda su alma una familia estructurada. La que nunca tuvo.

En ese instante hice una pausa y ella me miró con cierta nostalgia.

—Y usted se siente egoísta, ¿no es así?

—Cada día que pasa, Salomé. Cada día que pasa...

Pasé toda la cena hablando de mi vida. Creo que Salomé me agradeció el hecho de hacerlo, de darle lo mismo que ella me estaba dando y de paso permitirle descansar de sus tormentos. Cuando terminamos de comer, me pidió educadamente darse un baño y yo por supuesto llené la bañera, le di una bolsita de sales minerales para el agua y dos toallas limpias para que las usara.

—Le ayudaré antes a recoger esto —me dijo tomando los platos de la mesa.

—Ni se te ocurra. Ve a relajarte. Eres mi invitada, preciosa.

Me volvió a besar en la mejilla y, tras entregarle el camisón, una bata y unas zapatillas que posiblemente la quedaran grandes, se encerró en el baño. Yo continué recogiendo la cocina, fregué los platos, me tomé una tila —la necesitaba— y me di una ducha en el baño de la planta baja. Cuando me puse el pijama, me di cuenta de que no tenía un ápice de sueño, así que volví al salón y comprobé nuevamente que lo último grabado estaba perfectamente registrado. Salomé tardaba. Empecé a incomodarme al pasar varias veces por la puerta del baño y no oír ni un solo ruido.

—¿Va todo bien? —pregunté. Golpeé suavemente la puerta, pero no recibí contestación—. ¿Salomé? —Me preocupé. Dudé unos instantes al apoyar la mano en el pomo, aproximé nuevamente la oreja en la puerta, pero seguía sin detectar ningún movimiento en el interior—. Salomé, voy a entrar. ¿Va todo bien?

Nada. Decidí abrir la puerta. El vapor del calor del agua cubría la estancia. Jamás olvidaré la imagen de Salomé aquella noche. Estaba de espaldas a mí, metida en la bañera, con las piernas flexionadas contra su pecho y la mejilla derecha apoyada en sus rodillas. La imagen hoy en día me pasa a cámara lenta todavía. Tenía el pelo enrollado en una coleta que pasaba por su hombro y se perdía entre sus piernas bajo el agua, su espalda estaba repleta de horribles marcas,

marcas antiguas, amplias y grotescas que cruzaban toda su espalda desde la parte superior hasta desaparecer bajo el agua. Me quedé inmóvil en mitad del baño con la mirada fija en aquella escena, hasta que se giró y me di cuenta de que tenía puestos unos malditos cascos de un iPod que posiblemente me había dejado en el jodido baño. Salomé pegó un bote y se ladeó intentando disimular lo inevitable. Yo estaba avergonzado, no solo por invadir así su intimidad, sino por lo que acababa de ver en ella.

—Perdona... Perdona... Te llamé varias veces y creía que te había pasado algo —me disculpé nervioso tapándome la cara. Ella seguía con los ojos muy abiertos flexionada en la bañera, pero con la espalda pegada en dirección a la pared—. Madre mía, perdona. Ya me voy, disculpa.

Se quitó los cascos y me miró cohibida. Era consciente, sin lugar a dudas, de que había visto sus heridas y parecía desorientada ante tal situación.

—Salgo, salgo —volví a decir esperando un grito por su parte que no llegó—. Ya me voy —reiteré cerrando la puerta.

Me quedé apoyado contra la pared, asustado y disgustado. ¿Qué era aquello? ¿Quién podía haberle hecho aquella aberración? Cerré los ojos y apoyé la cabeza en la puerta, me froté la cara y visualicé aquellas marcas horribles. Volví a la cocina, me puse una copa de vino que casi me bebí de un trago y me quedé pensativo. Era horrible, horrible. Pensé en Markus Pastrana, pensé en la posibilidad de que la hubiera maltratado de alguna forma. ¿Pero así? Me estaba volviendo loco no saber más. Salomé no tardó en salir del baño y la oí caminar de un lado a otro del piso de arriba.

Intenté tranquilizar mis nervios y mi necesidad de preguntarle qué era todo aquello que acababa de ver. Cuando conseguí calmarme, subí al piso de arriba. Ella estaba en mi habitación con aquel minúsculo camisón del demonio, esperando de pie a que llegara. Su expresión era extraña, su rostro no expresaba absolutamente nada. Mantenía una postura recta y autoritaria, pero no implicaba en ella nada arrogante o pretencioso.

—Discúlpame, Salomé. No me contestabas y me preocupé. Creí que te había sucedido algo y... ¡santo cielo!

—No se preocupe, señor Ross —dijo—. No pasa nada.

—Salomé...

—No lo haga —me interrumpió de pronto suavemente—. Ya le dije que lo sabrá todo antes de que termine mañana.

Tragué una honda bocanada de aire para no soltar un montón de palabras malsonantes y acepté lo que me pedía sin rechistar. Solo el pensar que alguien la había maltratado de aquel modo me sacaba de mis casillas, me enfurecía y me hacía sentir impotente. Ella se dio cuenta de mis sentimientos y me sonrió con ternura.

—Esto es increíble —bramé indignado mientras me metía en la cama—. No me lo puedo creer. No tiene ningún sentido.

—Tranquilo... No se enfade, yo ya no estoy enfadada.

Me giré hacia ella y le cogí la cara con ambas manos. La miré con tristeza y la besé en la boca. ¡A la mierda mi ética! Lo había intentado, había intentado no tocarla, pero en aquel momento me sentía tan enfadado y dolido por ella que no pude controlar mi necesidad de protegerla. La estreché entre mis brazos y apagué la luz. No pretendía tocarla, solo abrazarla con fuerza para que supiera que ya no estaba sola, que yo estaba ahí para cuidarla, para protegerla de cualquier ser despreciable que quisiera hacerle daño, pero me devolvió el beso y sentí que perdía la cabeza. Pasé las manos por sus muslos, deslicé las yemas de los dedos por sus caderas y trepé despacio hasta sus pechos. La suave luz que entraba por la ventana me dejaba ver su cuerpo entre las sombras. Ella me besaba apasionadamente, trataba de quitarme la ropa mientras yo me desquiciaba cada vez más. Sé que perdí el control aquella noche, que mi deseo me arrastró a saciarme de ella, y eso hizo que me sintiera culpable durante mucho tiempo. Hoy en día, recuerdo lo que me susurró en la penumbra:

—Eres maravilloso.

Cuánto la amé por ello...

Desperté sobresaltado creyendo no encontrarla a mi lado, pero Salomé dormía profundamente bajo las sábanas revueltas. Su pelo serpenteaba por la almohada y sus marcas eran más claras con la luz de la mañana. Pasé las yemas de los dedos por ellas y me volví a preguntar quién podía ser capaz de hacer tal atrocidad, quién en su sano juicio podía destrozar así la belleza y la inocencia de una mujer que apenas empezaba a vivir la vida. La abracé con fuerza. Ella apenas se movió. Su piel era suave y sus pechos redondos y firmes se movían al compás de su respiración. Me quedé dormido de nuevo y soñé.

En este viaje onírico me encontraba paseando por el bosque. Era un bosque de hayas, el musgo se dispersaba por el suelo como un manto verde que arropaba el entorno. Avanzaba con la única compañía del sonido monocorde de un riachuelo hacia lo más profundo del boscaje. La frondosidad daba paso a un paisaje de robles, tejos, acebos, pinos silvestres y abedules. Yo reconocía esos árboles. Mientras, avanzaba hasta que llegaba a un pequeño claro en el que había una cabaña. Me quedé contemplando su pequeño techo con aleros y la desvencijada puerta. Estaba ligeramente abierta, como si de un modo mezquino me invitara a traspasarla. En ese preciso instante y mientras avanzaba hacia ella, vi a Salomé tumbada en el sofá a través de la ventana. Su joven amante le pintaba aquel retrato donde ella era feliz, donde no sentía ningún temor y sus sueños comenzaban a cumplirse. No oí un solo sonido de ningún animal, algo que me incomodó. El bosque guardaba un silencio impropio y por un momento sentí miedo al subir el primer escalón de madera. La puerta produjo un sonido desagradable cuando la empujé y sentí que necesitaba entrar en aquella casa, pero al mismo tiempo mis sentidos me advertían de que había algo malo dentro de ella.

—Es un bonito refugio, ¿verdad?

Una voz estentórea y grave me sorprendió. Miré hacia mi derecha y avancé un poco más. Me giré cuarenta y cinco grados y vi a Markus Pastrana sentado en un sillón de mimbre dotado de un respaldo que superaba su altura lo suficiente para sobresalir dos palmos sobre su cabeza. Sus largos dedos se entrelazaban unos con otros mientras sus codos reposaban a ambos lados. Sonrió como lo había hecho delante de todos aquellos periodistas el día que lo habían detenido. Lo hizo de un modo circunspecto, moderando sus movimientos como si temiera asustarme. Sin embargo, al instante mudó su expresión sosegada, tensó las mandíbulas sobre aquel cuello de cisne negro que le hacía parecer un vendedor de pompas fúnebres y dijo:

—Ella no te pertenece.

Su irritación iba en aumento.

—Pagarás por todo lo que has hecho. ¿Cómo fuiste capaz?

Mi interpelación le hizo reír como un desequilibrado. Luego miró al techo de madera y al instante centró de nuevo su atención en mí.

—Se aproximan. ¿No los oyes?

Negué con la cabeza. Estaba agitado y me temblaban las piernas.

—Sé que vienen a por mí. Aletean sobre mi cabeza constantemente, pero no me atraparán.

—¿De qué hablas?

—¡De esos malditos bichos! —gritó, luego bajó la voz como si intentara que alguien no le escuchara—. Esos pájaros o lo que demonios sean. Están demasiado cerca de mí, pero no podrán cogerme. No lo harán. No les dejaré.

Le dije que no sabía de qué me hablaba.

—Pretende volverme loco, y no lo va a conseguir. Ella no te pertenece. ¡Jamás te pertenecerá! Asimílalo, amigo.

En ese mismo instante, aunque no podía ver nada, percibí un aleteo sobre nuestras cabezas. Pastrana se levantó claramente alterado y comenzó a caminar de un lado a otro del saloncito sin dejar de mirar hacia arriba con sus ojos negros muy abiertos, casi fuera de sí. Yo trastabillé hacia atrás. Sentí que la cabeza comenzaba a darme vueltas mientras él no dejaba de gritar.

—¡No me cogeréis, sucios bichos!

Vi una pistola en su mano y a mí me entró el pánico. Reculé hacia la puerta, caí sobre el porche y, al intentar incorporarme, tropecé con el primer escalón y bajé rodando hasta que me estampé contra el suelo.

—¡Señor Ross! —oí a lo lejos.

—¡No! ¡Ya vienen! —grité incorporándome.

Sonaron disparos. Alguien me cogía del brazo y me zarandeaba, pero mi cabeza no dejaba de dar vueltas y el bosque giraba y giraba como una noria.

—¡Señor Ross! ¡Despierte!

Abrí los ojos gritando como un energúmeno y me oí decir:

—¡Pájaros! ¡Muchos pájaros!

Di un salto y me senté de golpe. Salomé me miraba sentada al borde de la cama. Se había vestido y me tenía sujeto fuertemente por un brazo. No tengo ni idea de la sensación que le di, pero tenía esa expresión de contención en la cara, como si aguantara la risa. Yo estaba empapado en sudor y la ropa se me pegaba a la piel.

—¿Pájaros? —preguntó y se echó a reír—. Tengo el desayuno preparado. Duerme muy profundamente, llevo varios minutos intentando que despierte.

—Dios Santo... —susurré aún con la imagen de Pastrana en mi cabeza—. Me volví a quedar dormido. ¿Qué hora es?

—La diez de la mañana. Vamos. He hecho unas tortitas con miel y mantequilla y unos zumos de naranja.

—Maldita sea, ¿vas a tutearme algún día? —proferí en un tono algo desesperado. Ella se rio—. Creo que ya va siendo hora, ¿no?

—¡Cuando me ame! —exclamó y rio de nuevo saliendo por la puerta—. Algún día volveré a preguntárselo, recuerde.

—¡Qué tontería! —Amarla a ella, amar su causa... La cabeza me empezaba a doler—. Nunca he amado a nadie. Lo tengo cada vez más claro.

Cuando entré en el aseo y me vi en el espejo, parecía un caniche mojado. Tenía el pelo aplastado contra la frente formando desagradables rizos sin forma alguna y mi pijama estaba tan pegado a mí que daba la sensación de que estaba a punto de salir a la fiesta del orgullo *gay* montado en una carroza. Los pijamas de raso tienen ese efecto si uno les echa un litro de agua encima y deja que se peguen a la piel.

Tras ducharme y asearme, bajé a la cocina pensando en pájaros y bichos que volaban por todas partes con unas alas negras. Salomé me sirvió unas tortitas de harina ya embadurnadas con mantequilla y miel, llenó dos inmensos vasos de zumo de naranja y se sentó frente a mí. Aquel desayuno me recordó a mi madre, ella siempre me preparaba tortitas antes de ir al colegio. Hacía años que no las comía y su sabor me reconfortó gratamente y me hizo olvidar los pájaros, los bichos y a Pastrana. Devoré el desayuno con ansia. Salomé me observaba comer con curiosidad, su perfume comenzaba a impregnar toda mi casa y le daba un toque femenino que echaba de menos.

—Tengo que pedirle un pequeño favor, señor Ross —dijo de pronto.

—¡Dios, qué mayor me hace sentir esa forma de hablarme! —exclamé y bebí para pasar la tortita—. Dime, espero que sea fácil.

—Hoy le contaré el resto de mi historia. Lo que preciso de usted no es algo fácil, así que lo que le pido es que medite mis palabras. Entenderé que no acepte mi petición, pero piénselo, por favor. Cuando le conocí, no estaba dispuesta a que me negara su ayuda, pero hoy me doy cuenta de que lo que tengo que pedirle es muy difícil. Solo quiero que tenga fe, que me crea y, si decide no ayudarme, lo entenderé.

—Necesito saber el resto de tu historia para poder comprender todo lo que me dices, Salomé.

—Lo sé. No piense que me acosté con usted para conseguir nada.

—Eso no era necesario que me lo dijeras. No he dudado en ningún momento de ti.

Me sonrió aliviada. Eran demasiadas cosas las que la atormentaban y hoy sabría la verdad; hoy terminaría su relato, la historia de su vida, y quizá entendería un poco más todo ese misterio que la rodeaba. Volvimos al salón, cambié las pilas de la grabadora por prudencia y, tras encender ambos un cigarro, Salomé suspiró profundamente y continuó su historia:

—Como le dije ayer, Tomás se fue a Barcelona. El primer día, me llamó nada más llegar. Irradiaba felicidad y me contó que en la galería todos estaban muy interesados por recibir sus cuadros. Yo me alegré, le dije que le echaba de menos y, antes de colgar, me dijo que me amaba y que pronto estaría conmigo. Dos días después de su marcha, tras salir de trabajar, vi el coche de Markus Pastrana aparcado frente a la puerta de mi casa. Se me hizo un nudo en el estómago, aceleré mi paso y busqué nerviosa las llaves. Pastrana bajó del coche, pulcramente vestido con un traje de seda italiana y una camisa blanca, y se puso entre la puerta y yo.

»—Tenemos que hablar, Salomé —dijo suavemente. Podría decir que hasta en un tono excesivamente amable para él.

»—No tengo nada que hablar con usted, señor Pastrana. Déjeme pasar y lárguese de aquí.

»No estaba dispuesta a perder ni un minuto de mi tiempo con él. Tomé aire y desvié la mirada de aquel hombre. Me resultaba intimidante y la imagen de aquella tarde en su casa no hacía más que acrecentar mi desprecio por él.

»—Es sobre mi hijo —murmuró con cierto recelo.

»Le miré confundida. Tenía una expresión mezquina, pero dudé un segundo y guardé las llaves.

»—¿Tomás? ¿Está bien?

»—Solo serán unos minutos. Es importante. Daremos una vuelta en mi coche y luego yo mismo te traeré de vuelta.

»No me fiaba de él, no después de lo que había intentado hacer conmigo.

»—¿Y no me lo puede decir aquí?

»—Maldita sea, me conoce toda la ciudad. No querrás que tus vecinos piensen que estamos liados, ¿verdad? No sería bueno para ti que te vieran conmigo.

»Eso era cierto, cualquiera que lo viera lo reconocería. Mi mente funcionó a cien por hora y pensé en negarme, en decirle que se fuera al infierno y que me dejara en paz. Si me metía en ese coche e intentaba propasarse conmigo de nuevo, estaría perdida y no lo aguantaría. Linda no estaría allí para interrumpirle... Tenía la cabeza hecha un lío.

»—Tengo algo que hablar contigo sobre mi hijo —repitió—. Es importante, sube al maldito coche antes de que nos vean. No voy a tocarte un pelo, niña.

»No sé por qué razón le hice caso. Supongo que lo achaco a la edad, al miedo o al hecho de que tenía que hablarme de su hijo y yo pensaba que lo hacía por él. Subí a su coche totalmente desconcertada y me llevó en dirección a la ciudad.

»—Salomé, me he pasado la vida trabajando, he sacado adelante una familia y he montado un imperio que ningún hombre de mi edad ha conseguido nunca. Mi poder va más allá de estas fronteras, tengo todo lo que puedo desear y más. Mi esposa me dio un hijo varón, el mejor regalo de mi vida, alguien que continuase mi obra, que si algo me ocurriera siguiera con mis negocios y mantuviera todo lo que yo conseguí con mi sudor. —No entendía por qué me contaba eso, pero escuché atentamente—. Cuando mi hijo me contó sus fantasías bohemias y su pasión por las artes, me llevé el mayor disgusto de mi vida, pero acepté sus decisiones, aunque no porque estuviera de acuerdo. Esperé siempre que él cambiara de idea. Pero no ha sido así y sigue en su mundo de sueños, pintando cuadros que parece que gustan, no lo sé, me importa una mierda. Sea como sea, no es lo que quiero para él.

»Observé a ese hombre mientras me contaba aquella historia; tenía claro que la inexpresividad de su cara y su belleza eran igual de falsas que él. Era obvio que había pasado por el quirófano.

»—Usted no puede decidir sobre su vida, señor Pastrana —le interrumpí.

»—Pero tú puedes hablar con él.

»—¿Pretende que le diga que abandone su pasión por seguir con sus negocios? —Me sentí insultada y me reí—. ¿Cree que me haría caso? ¡Usted está loco!

»—Salomé, me investigan. Tengo a la fiscalía pisándome los talones y me ahogan cada vez más. No voy a permitir, si me pasa algo, que mi imperio quede en manos de los herederos de mis socios. Tomás debe seguir con mis negocios. Si tú no puedes convencerlo, te pagaré lo que me pidas para que desaparezcas de su vida. Tengo más dinero del que te puedas imaginar. Solo quiero que mi hijo no esté rodeado de cuentos de hadas, pinturas y una mujer que le alienta a que destroce su vida.

»Aquella declaración de intenciones superaba sin duda cualquier expectativa de maldad que yo me esperara: «cuentos de hadas»... «pinturas»... «destrozar su vida»...

»—¿Cree que Tomás destroza su vida? ¿No querrá decir la suya propia, señor Pastrana? —Estaba indignada, no podía creer lo que me decía—. No voy a decirle nada y su dinero me importa muy poco. Creo que ha sido un error venir con usted, pensé que le ocurría algo a su hijo, pero no me esperaba que intentara comprarme con su sucio dinero. Lléveme a mi casa.

»—Te repito que te pagaría una suma indecente. Podrías mantener a tu familia y pagarte esa estúpida carrera, comprarte tu casa y vivir tu vida, pero no a costa de mi hijo. No a costa de quitarme a mi hijo.

»—Quiero que me deje en mi casa de inmediato. No tengo nada más que hablar con usted —repetí.

»En ese mismo instante se quedó en silencio, parecía como si meditara unos segundos antes de continuar. Y todo empezó...

»—Lo he intentado... —dijo entonces.

»Bajó los seguros del coche y cambió repentinamente de dirección. Me asusté, se quedó en silencio y le grité que me dejara marchar, que me llevara a mi casa, pero él seguía conduciendo como si no estuviera allí, como si mis gritos no le inquietaran lo más mínimo. Estaba aterrada, me puse histérica, intenté coger el volante y hacer que el coche frenara para poder bajarme de él, pero me dio un fuerte bofetón en la cara y me golpeé con el cristal de la ventanilla. Me quedé desorientada, aturdida, me ardía la mejilla y el fuerte golpe me había dejado fuera de juego por unos instantes. Paró el coche y me sacó a rastras. Le oía repetir una y otra vez que lo había intentado, que todo eso era culpa mía y que, si no iba a aceptar por las buenas, lo haría por las malas. Otra vez luché por soltarme de él, pero Pastrana era un hombre inmenso. Me golpeó con tanta fuerza que perdí el conocimiento en mitad de la nada.

»Me desperté en una habitación oscura, atada por las muñecas a un gancho que pendía del techo. Me ardían las mejillas y la cabeza, estaba mareada y sentía fuertes latigazos de dolor por todo el cuerpo. Miré a mi alrededor, pero apenas podía ver nada. Oscuridad, pequeños ventanucos cubiertos por unas chapas metálicas, vigas, ladrillo, tubos metálicos serpenteando por el techo y la nada... La poca luz que se filtraba por las rendijas de los ventanucos desdibujaba el entorno. Era una luz ambarina. Podía oír el crujido de las cañerías por encima de aquellos techos. Olía a polvo, a humedad. Cada bocanada de aire me producía un dolor lacerante en el pecho. Entonces se me ocurrió una idea aterradora: estaba herida e iba a morir, ¡santo cielo!, tenía tanto miedo... Pasé horas en esa posición, me dolían los brazos, lloraba y gritaba por si alguien me oía. Recuerdo el dolor de mis muñecas, el ruido de la argolla que sujetaba aquel maldito gancho que me tenía presa. Creo que me quedé dormida en aquella posición por puro agotamiento, hasta que Pastrana me despertó dándome palmaditas en la mejilla.

»—Buenos días. ¿Has dormido bien? —preguntó. Se reía frente a mí en la penumbra.

»—Por favor, suélteme —le supliqué—. Tengo sed. ¡Suélteme!

»Grité desesperada, horrorizada. Pastrana colocó un dedo en sus labios y pareció sisear con la intención de que me calmara, de que me callara. Mi respiración entrecortada se mezcló con su susurro acompasado. Dio una vuelta alrededor de mí y volvió a situarse frente a mí. Se había cambiado de ropa, iba totalmente vestido de negro y eso hacía difícil poder diferenciarlo de la oscuridad. Se apartó de nuevo y lo perdí de vista. Oí un sonido metálico y se encendió una tenue luz que venía de una especie de lámpara suspendida del techo que se balanceaba de un lado a otro. Miré a mi alrededor una vez más: era una habitación gris con un camastro al fondo de metal, una mesita con patas metálicas y una silla. Nada más. Supongo que la gente como Pastrana utiliza esos sitios para hacer cosas desagradables con los hombres que les fallan, eso pensé aquella noche. Me sentí protagonista de una película de terror y me invadió el pánico. Comencé a gritar como una loca, pero Pastrana me volvió a abofetear hasta que me callé. Se situó detrás de mí, me cogió por la barbilla y me inclinó la cabeza hacia atrás. Aún siento su perfume y su aliento susurrándome al oído. De un modo borroso y dantesco sigo viendo su boca en una mueca despectiva y sus labios abriéndose para dibujar una sonrisa diabólica.

»—Era muy fácil aceptar lo que te daba —me susurró—. Coger ese puto dinero y desaparecer de mi vida y de la de mi hijo. Yo también soy artista, ¿sabes? Aunque a mi modo —dijo. Pasó su nariz por mi cuello y aspiró mi piel como un lobo—. Te dije que no había nacido mujer que me partiera la cara, Salomé. Te di la oportunidad de decidir, de enmendarte.

»—¡Suélteme! —grité y lloré—. Es usted un maldito enfermo.

»—Te di la oportunidad de hacer algo con tu vida, pero ella tenía que tener dignidad, ella tenía que joderlo todo.

»Pataleé con fuerza para quitármelo de encima, pero me agarró del pelo con una mano y me arrancó la ropa con la otra. ¡Señor! Sus manos magreándome, su lengua pasando por mi cara y aquella forma de frotarse contra mí tan obscena, tan sucia y falta de cualquier sentimiento que no fuera el odio... No puedo quitármelo de la cabeza.

Hizo una pausa y encendió un cigarrillo, sus manos temblaban cuando cogió el encendedor. Yo no fui capaz de decir una palabra. Me daba cuenta de lo difícil que le resultaba volver a aquel pasado.

—Me acuerdo de cada una de las palabras que me susurró, de cada gesto y cada movimiento que hizo aquella noche. Jamás lo olvidaré, señor Ross —repitió—. No tardaron en bajar a aquel sótano dos personas más. Oí sus pisadas sobre nosotros. Hablaban entre ellos como si se dirigieran a una fiesta de disfraces, como si lo que tenían delante solo fuera una bailarina que les iba a entretener durante unas horas.

»—¿No vas a castigar a esa pequeña zorra? Vamos, Pastrana, enséñale un poco de educación.

»Sus carcajadas me hacían daño. Usted no sabe la impotencia que se siente cuando no puedes escapar de un sitio, cuando estás atada de tal manera que pueden hacer contigo lo que les plazca. Esos malditos sádicos me golpearon una y otra vez mientras se excitaban como perros en celo viéndome sufrir. Era como un juego para ellos. Pastrana me azotaba con algo parecido a una vara, Coelho se reía como un primate rabioso mientras el otro, por inercia, se llevaba las manos a la entrepierna, ansioso por que llegara el momento de tenerme para él. Les pedí que pararan, les supliqué que me dejaran en paz, pero lo único que conseguí al fin fue que me soltaran para tirarme sobre aquel camastro y violarme uno detrás de otro sin compasión. —Hizo una pausa y respiró hondo—. El dolor físico desaparece con el tiempo; las cicatrices, no. El daño psicológico nunca se va, se mantiene dentro de ti, te devora las entrañas. Por mucho que el tiempo pase, solo se adormece, pero jamás desaparece. Fueron las peores horas de mi vida. Me violaron de todas las maneras posibles. Me insultaban, me pegaban... Les gustaba; les excitaba verme llorar, verme sufrir y que les suplicara una y otra vez que me dejaran. Cuando saciaron su hambre de mí, me encadenaron un tobillo al camastro y me dejaron en aquella habitación durante horas. Perdí el sentido del tiempo. Me ardía todo el cuerpo y estaba convencida de que no saldría de allí con vida. No podía sacar de mi cabeza a Tomás. ¿Cómo aquel demonio, su padre, podía hacer todo aquello con la mujer que amaba su hijo? ¿Cómo era posible que la ambición y el poder pudieran transformar a una persona de aquella manera? Comprendí que no era el dinero o sus negocios lo que movía a aquellos hombres, era su amoralidad y sus parafilias lo que les provocaba necesidades como aquellas.

»Dormí durante horas, o al menos eso creo. Cuando desperté, me di cuenta de que la cadena me permitía moverme unos cuantos metros alrededor de la habitación y alcancé mi ropa. Mi vestido estaba roto, pero conseguí anudarlo para ponérmelo y sentirme un poco más protegida del mundo. Vi un armario más allá del fulgor de la lamparita que emanaba una luz fantasmagórica, abrí un poco las puertas batientes y pude comprobar que estaba repleto de cintas de vídeo etiquetadas con un nombre cada una: Melanie, Suzanne, María, Ana... ¡Santo cielo! ¿Qué era todo aquello? Había al menos cincuenta cintas en aquella estantería, cincuenta nombres de niñas, jóvenes o mujeres de las cuales posiblemente nadie sabía nada. Muchos eran nombres de fuera, no recuerdo la gran mayoría pues eran orientales y los nombres de ese tipo son difíciles de recordar. Tenían un número a su lado, catorce, dieciocho, veinte, dieciséis. Sus años, señor Ross. ¡Sus malditos años! Estaba convencida... Era lo único que podían significar aquellos números...

»Volví a cerrar el armario con la intención de que no se dieran cuenta de que lo había mirado y esperé sentada a que algo ocurriera.

»Pastrana no tardó en regresar, pero esta vez no le acompañaban sus socios. Me traía algo de beber y unos mendrugos de pan que me tiró en el suelo para que me los comiera.

»—Bebe —me ordenó— y come.

»—¡Maldito hijo de puta! —le insulté.

»Ya no me importaba nada, ¿sabe? Me había rendido.

»Se puso sobre mí, me dio una bofetada y empezó a reírse como un enfermo.

»—Eso es... Dame una excusa, solo una, para poder hacer contigo lo que me plazca, zorra estúpida. ¿No querías ser artista? Esta es tu oportunidad de formar parte de una verdadera obra de arte.

»Nunca olvidaré sus palabras en mi oído.

»—¿Lo sientes? —me decía mientras volvía a violarme—. ¿Sientes la humillación? Vamos, dímelo, ¿sientes el miedo? —jadeaba—. ¿Sientes el dolor?

»Me ahogaba. Rodeó mi cuello con sus manos y, mientras me embestía de aquella forma tan brutal, me asfixiaba. Intenté soltarme, no se daba cuenta de la fuerza con la que me apretaba la garganta, él solo quería volver a saciarse. Me miraba a los ojos y disfrutaba, gozaba como un cerdo de mi agonía. Perdí el conocimiento. De pronto todo se volvió negro y me desmayé. Creo que oí las voces de sus otros socios, pisadas, movimiento alrededor y entonces todo desapareció para mí».

Salomé se quedó en silencio durante mucho tiempo. Yo seguía sin atreverme a decir nada. Apagué la grabadora y me froté la cabeza, desesperado. No tenía palabras para animarla, no podía darle una palmadita en la espalda y pretender aliviar lo que había sufrido. Sentí impotencia, me incliné hacia delante y me llevé las manos a la cara. Ella seguía ida, con el cigarro entre los dedos y la mirada perdida más allá de la cristalera.

—Mi amargura cesó en el mismo instante que me di cuenta de que jamás me dejarían salir de allí con vida después de todo lo que habían hecho conmigo. En el momento que perdí el conocimiento, me sumí en un estado de sueño profundo. Vi a Tomás, su sonrisa, sus hoyuelos y sus dulces ojos, vi a mi padre y a mi madre, y sentí un vacío inmenso. Desperté varias veces para volver a quedarme dormida por el dolor de mis golpes. Perdí la noción del tiempo. Sabía que había alguien cerca cuando la puerta de acceso a la habitación estaba ligeramente iluminada en su contorno, y que era de día cuando los bordes de las pequeñas ventanas tenían algo de luz. Esa era mi única forma de controlar el tiempo, la única manera de saber que los días pasaban y yo seguía cautiva en aquel sótano.

»Una noche, me despertó un sonido. No sé qué era. Solo recuerdo que la puerta se abrió ligeramente y nadie entró en la habitación. Dudé unos segundos, estaba convencida de que era una trampa. Me miré la pierna y me di cuenta de que ya no estaba encadenada. Quizá en una de sus visitas horribles se habían olvidado de atarme. Entonces, aunque estaba convencida de que Pastrana o uno de sus socios me cogerían antes de poder escapar de allí, salí del cuarto, subí de dos en dos los peldaños de las escaleras con las pocas fuerzas que me quedaban y mi vestido hecho trizas, y me encontré en mitad de la casa del ala norte. ¡La casa de los hombres de Pastrana! ¡Santo cielo!, había estado encerrada en el bloque anexo a su propia casa. Me puse muy nerviosa, esperaba que en cualquier momento la alarma saltara y varios matones de Markus salieran a mi caza, pero no fue así. Crucé el jardín de acceso, corrí como loca hasta alcanzar la puerta y huí repitiéndome a mí misma: «No mires atrás, no mires atrás. Corre y no mires atrás». Caminé casi toda la noche descalza por el borde de la carretera esperando que algún coche me viera. No pasó ninguno. Llegué a mi casa, la casa de Marisa, pero me di cuenta de que no podía quedarme allí, ni siquiera entrar. Sería el primer sitio adonde irían a buscarme cuando se dieran cuenta de que había escapado. Así que fui a la casa que Tomás había comprado para los dos. La casa que usted conoció. Escondíamos una llave bajo una piedra del jardín y sentí el mayor alivio al comprobar que aún seguía allí. Me senté en el suelo del pasillo con la espalda apoyada en la pared y lloré durante horas, compadeciéndome de mí misma una y otra vez. Cuando recuperé la cordura, rebusqué entre las pocas cosas que había en la casa, di con una vieja radio y la encendí. El corazón se me cerró en un puño: había pasado un mes desde que me había secuestrado aquel indeseable. ¡Dios mío! Pensé en Tomás, me estaría buscando desesperadamente. Tenía que encontrar el modo de localizarlo, llamarlo, pero ¿cómo? Mi móvil, mi bolso, todo estaba en manos de Pastrana. Yo no me sabía de memoria su teléfono. Un mes, señor Ross, un maldito y largo mes.

»Pasé varios días en esa casa, encerrada, alimentando mi rabia y esperando inútilmente que Tomás pasara por allí. A medida que transcurrían los días, me resultaba más angustiosa la espera.

»Volví a casa de Marisa, igual en el buzón tenía notas de Tomás, igual me había dejado algún aviso desesperado por debajo de la puerta; así que forcé la cerradura, pero no había nada. Era como si no me hubiera buscado jamás, como si a nadie le hubiera importado mi desaparición. Aun sabiendo que podrían volver a por mí, aquella noche me quedé dormida en mi habitación. Por la mañana busqué en la guía telefónica y se me ocurrió llamar a mi trabajo y preguntar por mí misma. Tenía la seguridad de que Pastrana se había inventado alguna mentira que explicara el hecho de que nadie me buscase. ¿Sabe qué me dijeron? Que la señorita Salomé Acosta había cesado en su trabajo para ir a estudiar al extranjero. Después de horas y horas de insistencia con una de las empresas de Pastrana, conseguí convencer a una de las secretarias de que era un familiar lejano de Markus y que necesitaba hablar con su familia por un tema personal, y me dio el teléfono de su casa. Nunca olvidaré la conversación con una de las empleadas: pregunté por Tomás Pastrana, diciendo que era una de sus antiguas compañeras de la Universidad y que necesitaba hablar con él, y su contestación fue que Tomás se había ido fuera del país hacía casi un mes. Colgué sin despedirme y me derrumbé de nuevo. ¿Por qué? ¿Por qué ni siquiera me había buscado? ¿Por qué se había ido de esa forma? Él me amaba, él quería pasar su vida entera a mi lado y ahora se había ido y no tenía modo de localizarlo. Volví a llamar y la misma señora me cogió el teléfono. Me disculpé, dije que se había cortado y le pedí la dirección de Tomás. Me dijo que nadie la sabía, que se había ido sin dejar siquiera a sus padres su dirección. Le agradecí la información y colgué. Me pasé varios días llorando sin saber qué hacer ni adónde ir, me fui de la casa de Marisa y me instalé en la que iba a ser nuestra casa. El amor de mi vida se había ido y yo, señor Ross, me encontraba perdida.

—¿Por qué no fuiste a la policía? —pregunté al fin—. ¿Por qué no te pusiste en contacto con Marisa o con tus padres?

—Señor Ross, pasé varios días sin moverme de la cama, una cama vieja que los antiguos propietarios de la casa habían dejado, entre otras muchas cosas, como pudo ver. Lo pensé, claro que lo pensé, pero en aquel momento ya lo había perdido todo: había perdido al amor de mi vida, había perdido mi trabajo, mis sueños. No me quedaba nada por lo que luchar. ¿Cree que la policía me hubiera devuelto todo aquello?

—Hubieran hecho justicia, Salomé, al menos hubiera saltado a los medios de comunicación lo que te habían hecho. Tomás igual no sabía nada, ¿lo has pensado?

—Hubo muchas cosas que me pasaron por la cabeza durante mi letargo, señor Ross. Pero descarté rápidamente acudir a la policía. Ya conoce el poder de Pastrana, puede ver el caso que hacen a las desapariciones y a las denuncias por abusos —contestó, soltó una sonrisa sarcástica y me miró—. Tampoco estaba dispuesta a que mi familia supiera el daño que me habían causado, por lo que no quería aparecer en los medios de comunicación; además, las mentiras me caerían como torrentes con la intención de desacreditarme... Durante mi encierro en la casa, lo que sí decidí fue vengarme de lo que me habían hecho aquellos seres despreciables. Me tomé mi tiempo, eso sí, dejé pasar mi luto, las fases de odio y desesperación, el dolor por la pérdida del amor de mi vida...

—No sé qué decirte —dije—. Es algo que se escapa de mi entendimiento. No logro entender cómo conseguiste huir de allí, cómo pudiste librarte de ese tormento.

—Creo que, si existe algo ahí arriba, esa noche estaba conmigo.

—No creo en Dios, Salomé. Hace mucho tiempo que descarto su existencia.

—Yo tampoco, pero estoy convencida de que hay algo esperándonos. No creo que sea un Dios, solo que hay algo que tiene una función para cada uno de nosotros.

Me quedé pensativo durante unos segundos. Salomé se levantó y se paseó por la habitación hasta volver hacia la ventana. Se apoyó en el cristal y aspiró profundamente. Después de todo lo que me había contado, parecía como si se hubiera quitado un peso de encima.

—Llamé a mi madre mucho tiempo después, pero no fui capaz de decirle una sola palabra de lo ocurrido. Recuerdo su llanto, repetía mi nombre: «¿Salomé? ¿Estás bien? ¿Eres tú?». Luego me di cuenta de que, si localizaban de algún modo mi llamada, posiblemente irían a por ellos. No me atreví a volver a llamarlos. No debía... Sé que es difícil entender lo que hice y por qué lo hice, que hay muchas incógnitas en esta historia; yo tampoco sé realmente por qué actuaba así. Ya solo tenía un objetivo, una necesidad: vengarme de ellos, hacerles el mismo daño que me habían hecho durante el tiempo que estuve encerrada.

»Volví a llamar a casa de los Pastrana varias veces preguntando por Tomás. A la hora que lo hacía sabía que siempre me cogería la misma señora. Llamé tantas veces que debí de darle lástima, porque al final me confesó algo que me partió en dos el alma: Linda Pastrana había recibido a su hijo la tarde que regresó de Barcelona y le había dicho que su novia había aceptado una suma inmensa de dinero con la condición de que se fuera a estudiar fuera y se olvidara de él. Me dijo que Tomás al principio no se lo había creído, que había ido varios días seguidos a mi casa sin encontrarme, que había pasado varias veces por mi trabajo y que lo mismo que me dijeron a mí se lo habían dicho a él. Todo había sido una argucia de los Pastrana, habían planeado la forma de quitarme del medio desde el principio, pero suponía que no esperaban que escapara, que saliera de allí con vida y pudiera acabar con sus mentiras. Me di cuenta del peligro que corría y, con el corazón partido en mil pedazos y un odio inmenso por aquellos seres tan despreciables, me fui lejos de todo durante mucho tiempo. El resto ya lo sabe, viajé por el mundo y me perdí por países que jamás creí llegar a conocer. Estuve atenta a todas las noticias con el caso Pastrana y solo regresé cuando supe que era el momento de consumar mi odio. —Nada más decir esto se encogió de hombros y me miró fijamente—. Hay una cosa que no le dije, algo importante en toda esta historia: antes de irme del país, regresé a la casa de ese demente. No me pregunte cómo lo hice, puedo asegurarle que dediqué mucho tiempo a vigilar a Pastrana y sus costumbres, cuándo salía y entraba, cuántos hombres quedaban en la casa. Pasó mucho tiempo... y finalmente tuve mi oportunidad.

»Volví a aquel sótano del horror y busqué las cintas; habían desaparecido, Pastrana no era estúpido, pero yo intuía que era demasiado soberbio como para deshacerse de sus trofeos, demasiado enfermo como para no deleitarse con sus amoralidades. Volví sobre mis pasos y subí por primera vez a la planta más alta de la casa. La abeja reina dormía inconsciente bajo los efectos de sus drogas y sus analgésicos. Pastrana aquella noche no estaba, tenía demasiados negocios sucios que hacer de madrugada y las enfermeras dormían a esas horas. Rebusqué entre sus pertenencias. Algo me decía que lo que estaba tratando de encontrar se encontraba allí, en el epicentro de su intimidad. Pasé mucho tiempo inspeccionando aquella habitación, manteniendo la atención en Linda Pastrana, con el temor de que se despertara en cualquier momento y me encontrara allí. Pero finalmente allí estaba, en el fondo de uno de sus armarios, en un hueco casi imposible de ver que logré encontrar de pura casualidad, su *obra maestra*; así rotulaba la caja en el exterior.

—¿Pudiste ver el contenido?

—Por supuesto. Y es demasiado horrible para contarlo, demasiado doloroso para alguien que ha pasado por lo que pasé yo.

—¿Y? —Estaba ansioso por saber qué contenía la caja.

—No puedo decírselo... Y aquí viene la parte en la cual le pido que tenga fe en mí y confíe en mis palabras. Si le revelara el contenido de esa caja, no podría hacer lo que le voy a pedir. Repito que sé que es difícil entenderlo, pero estará mucho más seguro sin esa información. Confíe en mí, se lo suplico.

—¿Dónde está esa caja ahora?

—En el único sitio donde Pastrana no la buscará: enterrada en su propio jardín, frente a la ventana del ala sur, en la rocalla.

—Su obra maestra... —musité entre dientes—. No comprendo qué significa eso.

—Lo entenderá —afirmó—. Ahora es cuando le revelo qué necesito de usted, por qué me he instalado en su casa durante varios días y le he confesado todo lo que me ocurrió. Quiero que consiga esa caja, que entre en esa casa y se la lleve de allí. Necesito que se la entregue a la única persona que no se ha dejado comprar por el dinero de Pastrana, el fiscal Jeremías Meza. A nadie más. Nadie puede coger esa caja si no es él. Es muy importante que tenga claro ese detalle: nadie, y digo *nadie*, está fuera de las garras de Pastrana, ni la policía ni los medios de comunicación. Solo él, señor Ross, única y exclusivamente él.

—¿Te das cuenta de lo que me estás pidiendo?

—Sí, sé que es muy difícil.

—Me estás diciendo que entre en casa de los Pastrana, que coja una caja cuyo contenido desconozco y arriesgue mi carrera para entregársela a un fiscal... Salomé, ¡esto es de locos!

—No solo eso. Tiene que dársela el mismo día del juicio. Antes sería arriesgarnos a que no llegue al juez. Meza es un buen hombre, pero no quienes le rodean. No podemos arriesgarnos a que pasen unos días y le ocurra algo. Y Meza es mucho más accesible que cualquier otra persona.

—¡Ah, de puta madre! —Estaba furioso—. Me quitas un peso de encima, solo tengo que interrumpir el juicio del siglo. ¡Fantástico! Esto cada vez se pone mejor.

Ya veía los titulares: «Samuel Ross hace el ridículo de su vida con una caja de muñecas en mitad del juicio del siglo».

—Le dije que no sería fácil —murmuró—. Le repito que sé que lo que le pido es difícil de asimilar, pero le puedo asegurar que, si entrega esa caja, si ese contenido llega a manos del fiscal justo antes de que empiece el juicio, Markus Pastrana habrá sido destruido.

—¿Por qué no la coges tú? Ya entraste una vez.

—Ahora sería muy difícil que no me vieran. La casa está inundada de los hombres de Pastrana, vigilan que la prensa no se cuele, que nadie consiga entrar en esa mansión fortificada. Cuando yo me colé en su casa, la seguridad estaba programada, tenían sus cambios, sus descansos. Tenga en cuenta que la fiscalía no tiene pruebas suficientes para condenarlo de por vida, y que él guarda muchos secretos en su casa, demasiados.

—¿Y las armas que encontraron en uno de los almacenes?

—Nunca firmó nada, lo hicieron sus socios. Al parecer, siempre se ha cuidado mucho de no figurar en ningún papel, señor Ross, y Meza no ha sido capaz de conseguir las suficientes pruebas para pedir una orden de registro de su casa.

—Hay algo que no entiendo, Salomé. Mataste a sus dos socios, ¿por qué no a él?

—La muerte nos libera de nuestros pecados. Él no se merece ser un mártir, ya se lo dije.

Estaba totalmente perdido, lo que me pedía era demasiado para mi equilibrio mental. Apagué la grabadora y me levanté, me serví una copa de ginebra y me la bebí de un trago.

—Le juro que, si entrega esa caja, su vida cambiará por completo. Su carrera no tendrá fin, todo el mundo matará por su trabajo, por sus libros, por sus conferencias. Será el hombre más rico del país, escribirá la verdad de mi historia y Pastrana pagará por sus pecados. Confíe en mí, por favor. No le miento. Le pido un pequeño acto de fe a cambio de la fama. Lo que siempre quiso.

Aquello sonaba como si estuviera a punto de pactar con el mismo diablo.

—Salomé, tengo que pensar en todo esto. Es demasiado complicado... Me pides que arriesgue mi vida y mi carrera.

—Por supuesto que lo sé y no espero que me responda todavía. En su grabadora tiene casi toda la información que necesita para escribir la verdad. —Se levantó y me besó en los labios—. El final de esa historia solo lo puede crear usted. Si entrega la caja, lo sabrá —dijo, se dirigió a la puerta y me miró—. Si no lo hace, posiblemente pase toda su vida preguntándose qué hubiera pasado.

Tras decir esto se fue y me dejó solo en mitad de la amplia habitación.

7

Pasé horas dando vueltas en círculo por el despacho, horas preguntándome por qué no volvía, por qué se había ido de esa forma. Me bebí media botella de ginebra escuchando las cintas una y otra vez durante toda la noche, esperando que ella volviera asustada a mis brazos. Tenía miedo a la oscuridad, tenía miedo a sus sueños... ¿Dónde diablos estaba? ¿Sola en esa casa? ¿Acaso pasaría la noche vagando por las calles, aterrada por su pasado? Lancé el vaso de cristal contra la estantería y me derrumbé en el sofá. Ni siquiera me había preguntado si la iba a ayudar; me atormentaba el no saber dónde estaba, qué hacía y adónde iría. Me quedé dormido con mi borrachera hasta bien entrada la mañana del lunes, cuando me despertó el teléfono, que volvía a sonar rabioso en el piso de abajo. Ni siquiera me molesté en levantarme, sabía que ella no me llamaría. Pasé horas metido en la bañera con un terrible dolor de cabeza y me volví a quedar dormido hasta que oí el timbre de la puerta. Me puse mi albornoz y pude ver que Álex, mi abogado, amenazaba con tirar la puerta si no abría.

—¡Maldita sea, Samuel! ¿Por qué coño no me coges el teléfono ni enciendes el maldito móvil? —gritó. Entró como un león en la casa y, tras dejar una bolsa de comida china sobre la mesa de la cocina, me miró estupefacto—. ¡Dios, qué mala cara tienes! ¿Qué pasa, amigo? —preguntó preocupado.

—Estaba en la bañera —dije sin ganas—. No me pasa nada.

Conocía a Álex desde niño. No solo era mi abogado y mi agente, era mi mejor amigo, la única persona en la que podía confiar. Se quitó la chaqueta y me miró nuevamente con sus ojos azules e inmensos.

—¿Vas a explicarme en qué andas metido? Tu conversación del sábado fue algo ambigua.

—¿Has averiguado algo de lo que te pedí?

—Samuel, ¿qué está pasando? —inquirió alterado. Tenía que contarle lo que ocurría—. Sí, sí, he hecho averiguaciones. Tomás Pastrana vive en Estados Unidos ahora mismo. Lleva años fuera del país. Tuvo una bronca tremenda con sus padres poco tiempo después de volver de un viaje, de exponer unos cuadros en no sé dónde. Se desvinculó de su padre y de sus negocios. La chica esa, Salomé, era su novia; lo abandonó justo cuando estaba en ese viaje, por un dinero que los Pastrana le ofrecieron.

—Eso es mentira —susurré.

—Lo que no me cuadra es que, según mis fuentes, Linda Pastrana contó a sus allegados que la muchacha había aceptado tal suma y se había ido a París a estudiar Bellas Artes, pero he intentado dar con ella allí y nadie sabe nada de la chica.

—Lo suponía —volví a murmurar entre dientes.

Subí las escaleras para vestirme, Álex me seguía.

—¿Por qué te interesa esa gente, Samuel? ¿Me vas a contar de una vez en qué estás metido, amigo?

—Calma, acaba de decirme qué más sabes —dije enfundándome en unos vaqueros.

Él se apoyó contra la pared de la habitación. Álex era algo más alto que yo y siempre vestía con traje. Solía llevar el pelo engominado, pero ahora lucía revuelto, desordenado. Se alisó las mangas de la chaqueta, se metió las manos en los bolsillos y se encogió de hombros.

—Poco más. Sus padres viven en el Norte. No saben nada de su hija desde hace mucho tiempo. Han puesto una denuncia, pero ya sabes cómo van esas cosas; la chica ya era mayor de edad y no son una familia de muchos recursos.

Volví a bajar las escaleras seguido de Álex y me dirigí al despacho.

—Siéntate —le ordené. Él me miró con asombro y me obedeció—. Quiero que escuches algo. Te pido secreto absoluto con lo que vas a oír.

—No me ofendas.

—Lo sé.

Encendí la grabadora y pasé la primera cinta, luego la segunda y por último la tercera. Álex escuchaba la historia con gesto de desconcierto sin moverse un ápice, sin decir una sola palabra. Le enseñé la carta de Salomé y la leyó dos veces. Se quedó con el mismo gesto inexpresivo que debía de tener yo la primera noche que pasé con ella.

—Esto nos queda grande —musitó por fin—. ¿Te das cuenta de lo que te está pidiendo?

—Sí.

—Ponme una copa. De coñac. Necesito una copa ahora mismo —suplicó, se tocó su cabellera rubia, la desordenó más y se frotó los ojos—. Esto es una bomba de relojería. Estamos hablando de Pastrana, no de un simple ladrón de poca monta que se dedica a atracar a ancianas en las esquinas. ¡Por el amor de Dios!

—Dime algo que me haga no ayudarla, amigo.

—¡Joder, Samuel! —exclamó nervioso—. ¿No te das cuenta de que esa casa está llena de gorilas de Pastrana, que en el momento que te pillen te van a meter un tiro entre ceja y ceja? —Se levantó de la butaca para luego volver a sentarse. Yo permanecía impávido fumando en la otra silla—. Vamos a imaginarnos que entras y coges la caja. Vamos a imaginarnos que consigues colarte en los juzgados y, no solo eso, también que logras atravesar el muro de guardias de seguridad que custodian la puerta de las salas en las que se celebrará el juicio y que le das la caja a Meza. Imaginémonos que tienes unas cuantas fotos de violaciones o lo que sea que tenga allí dentro. Si le encierran quince años, estará fuera en dos. Entonces te despedazará en trocitos diminutos, y eso sin contar con que antes no te hayan tirado al mar con dos piedras atadas a los putos pies.

—Ella acabaría con él —susurré.

—¿Qué?

—Nada. Intento mirar el lado positivo de la historia. Por Dios, ayúdame.

—Sí, el lado positivo es que, si consiguieras encerrarlo hasta que sea un viejo desdentado, que lo dudo, sin que te usen como comida para pájaros antes, tu libro nos hará ricos. Pero no, Samuel, no merece la pena arriesgar todo así. No lo necesitas.

—Necesita mi ayuda. Mira todo lo que ha pasado.

—¿Te has acostado con ella?

Me quedé mirándole durante varios segundos.

—¿Eso qué importa?

Álex se levantó y abrió los brazos como si fuera a dirigir una orquesta.

—Joder, lo has hecho... —susurró—. ¡Ese es el maldito problema, que te estás volviendo loco!

—Tienes que colarme en esa casa —me oí a mí mismo decir de golpe—. No sé, invéntate algo, pero hazlo. Eres uno de los mejores jodidos abogados de la ciudad, Álex, tienes contactos en todas partes. Algo se te ocurrirá.

—Esa mujer te ha vuelto loco, definitivamente te ha vuelto loco —repitió. Se frotó la frente nervioso y se sirvió otra copa de coñac—. No sabes lo que me estás pidiendo, no puedo permitir que te suicides de ese modo. Es como coger un puto deportivo y entrar a doscientos por una carretera nacional en dirección contraria a hora punta. ¡Joder, piensa bien lo que estás a punto de hacer!

—Sé perfectamente lo que te estoy pidiendo.

—¡Dios, esto es de locos! ¡Tu carrera no necesita esto!

Me levanté con rabia y le miré a los ojos.

—No te enteras de nada. No es mi carrera, no es el hecho de ser el más vendido de las librerías o que me ofrezcan contratos millonarios por mis libros. Se trata de justicia, ¡maldita sea! No te puedes hacer a la idea de lo que esa mujer ha sufrido. Si le hubieras visto la espalda, si la hubieras visto como yo la vi, el terror a quedarse sola dos putos minutos a oscuras, los sueños que tenía, la vida que deseaba. ¡Joder, se trata de humanidad! Ella solo quería vivir su puta vida. Quería cumplir sus sueños y acabó en un puto agujero de mierda, golpeada y violada. ¿Es suficiente para ti?

—Ha matado a dos hombres, Samuel —se dejó caer en la butaca y dio otro trago—. Es una víctima, sí, pero ha matado a dos hombres. ¡Y tú te la has tirado!

Hizo una pausa. Me quedé descolocado mirándolo. Sabía que estaba pasándolo mal, que lo único que intentaba era convencerme de que no hiciera esa locura, pero en aquel momento me dieron ganas de romperle la cara.

—Perdona —dijo—. Ya no sé ni lo que digo. No voy a convencerte para que hagas lo contrario, ¿verdad?

—No.

—Está bien. No sé cómo va a acabar esto ni si me arrepentiré toda la vida, pero te ayudaré.

—Gracias.

—Me quiero imaginar que todo va a salir bien y vas a hacerme el tío más rico del planeta. Recuerda que también soy tu agente —murmuró agobiado—, no me cambies cuando seas famoso.

—No seas idiota. Ya soy famoso y no te he cambiado.

—Vamos a comer algo —dijo entonces. Se levantó como un misil y se arregló el cabello delante del espejo del pasillo—. Tienes un aspecto terrible y necesito ponerte al día de alguna cosa más que he averiguado de ese Pastrana.

Me miró de arriba abajo y, antes de que pudiera decir nada, me señaló con el dedo y dijo:

—Y no admito un no. Si voy a ayudarte en esta mierda de cacería novelesca, al menos vamos a dar un paseo, comeremos algo y escucharás un par de cosas más de ese individuo, para que sepas a quién te vas a enfrentar. Salga bien o salga mal.

Salimos de la casa y caminamos por la diminuta acera que bordeaba las viviendas del barrio. Al final de la calle había una cafetería de amplias cristaleras donde yo solía desayunar de vez en cuando los fines de semana. Era todavía muy pronto y a esa hora estaba vacía. Una mujer regordeta de pelo cardado muy al estilo de los años ochenta se aproximó con un diminuto mandil encastrado en su cadera y sonrió con un gesto fingido.

—¿Unos cafés, señores?

—Sí —respondió Álex—, y traiga algo de comer. Lo que sea.

—Tenemos unos sándwiches de la casa muy recomendables. ¿Les apetecen?

Ambos dijimos que sí. La mujer trotó hacia la barra y al momento regresó con los cafés y un platito repleto de pastas con filigranas de colores. Después se retiró a la cocina a preparar nuestra comida.

Álex echó un ojo al decorado cabaretero de la cafetería y levantó las cejas cuando localizó un cuadro de Madonna enfundada en su mítico corsé con la parte de los pechos en punta.

—¡Madre mía! Hasta tenemos al fondo una gramola.

—Eres demasiado pijo para este estilo de cafetería americanizada —le dije—. Vamos, cuéntame, ¿qué más has averiguado?

Bebió de la taza y se limpió la boca con una servilleta. Yo empezaba a desesperarme.

—Cuando me hablaste del tal Pastrana, me puse un poco al día sobre todo lo que le está revoloteando sobre la cabeza. No me refiero a todo lo que le quieren meter legalmente, más bien a todo lo que está saliendo sobre todas esas chicas que han desaparecido, las dos últimas y alguna otra que ha salido en los medios, ya me entiendes —dijo. Se metió una pasta en la boca y me miró—. Todo eso del tráfico de armas y la malversación de fondos es la punta del iceberg, Samuel. Cuando me enteré de que la tal Salomé había desaparecido, y dado que no me cogías el jodido teléfono, hice alguna averiguación por mi cuenta. Ya sabes que soy muy curioso.

—Por el amor de Dios, ve al grano.

—Está bien. Di con una de las chicas que había denunciado a Pastrana y que luego, extrañamente, dos semanas antes del juicio, había retirado la denuncia. Tenía claro que la cría en cuestión, sus padres para ser más exactos, habían recibido una suma de dinero por ello, incluso amenazas. Me costó un huevo que me recibieran. Creían que era periodista y no están dispuestos a correr ningún tipo de riesgo frente a ese individuo y todo lo que le rodea, pero logré lo que quería convenciéndolos de que era hermano de otra víctima que no se atrevía a declarar contra él y que solo buscaba información para afrontar aquella situación de la mejor forma que pudiera. Eso les dije. Y picaron.

—¿Fuiste a su casa?

—Sí. Jamás se arriesgarían a hablar con nadie en un lugar público. Esa gente está muerta de miedo. La cría tiene dieciocho años y se llama Lía Robinson. Su padre es americano, pero viven aquí desde hace más de veinte años. La cuestión es que la niña salió con una amiga un viernes por la noche. Habían quedado en un bar de Tulane, esa zona nueva del centro de Madrid, con bares que abren hasta las tantas. Lo que me pudo contar ella es muy difuso. Llegaron al local, se tomaron unas copas con sus amigos y, al cabo de un par de horas y ya algo perjudicadas, ella y su amiga Tania salieron a la calle a que les diera el aire. No sé si conoces bien esa zona, pero enfrente está uno de los locales del difunto Coelho, así que las chicas se toparon con Pastrana y su socio.

—Y se fueron con ellos —murmuré al tiempo que la mujer del pelo cardado nos ponía los platos en la mesa.

—Efectivamente —prosiguió Álex. Miró de refilón a la camarera y esperó a que se hubiese alejado lo suficiente—. El lujo y el dinero dejan atolondradas a dos crías de menos de veinte años. Fue como si tocaran la flauta y ya las tenían en su coche. Lía recuerda ese punto de la noche y que ya dentro del vehículo les pusieron un par de copas más. Fin de la historia.

—¿Cómo que fin de la historia? —No comprendía.

—Sí, porque aquí sus padres la mandaron salir de la habitación y me contaron el resto. Joder, Samuel, no te puedes imaginar la angustia de ambos, la impotencia. Cuando me paro a pensar en que el día de mañana, cuando mis hijas crezcan, les puede suceder algo así, me vuelvo loco. La habían encontrado en la cama a la mañana siguiente llena de cortes, moretones y totalmente drogada. Imagínate a esa mujer, a su madre, en ese momento. La cría estaba totalmente ida, farfullaba cosas ininteligibles, todavía con su vestido de fiesta puesto lleno de porquería, y tenía los brazos y las piernas repletos de marcas de golpes. Les faltó tiempo para ir directos a urgencias de la clínica más cercana. Esa familia tiene un buen seguro privado y no querían, me confesó su padre, que el estado de su hija fuera visto por demasiada gente, dado que en ese momento no tenían ni la más remota idea de lo que le había sucedido. Me confesó, aún nervioso, que no reconocía a su hija, que decía verdaderas barbaridades. Estaba totalmente colocada y en los primeros momentos pensaron que se había tomado algo y luego se había caído o sabe Dios qué.

—Es difícil pensar con claridad en una situación así —murmuré.

—Pensaron que los cortes se los habría hecho con ramas de árboles, que se habrían ido todas a correr por el retiro como locas desquiciadas, que se habrían caído, pero nada más lejos de la realidad. Ingresaron a la niña, le hicieron todo tipo de pruebas y el mundo se les vino abajo en cuestión de minutos.

—La habían violado.

—Sí y no —respondió metiéndose en la boca un trozo de sándwich—. El informe ginecológico confirmó que había tenido relaciones sexuales, aunque no parecían forzadas, el problema es que Lía llegó delirando, le tuvieron que administrar varios calmantes por vía intravenosa y no pudo decir nada mientras sus padres, a punto de perder la cabeza, escuchaban al médico con los rostros desencajados. La analítica confirmó que le habían administrado algún tipo de alcaloide. Primero creyeron que era escopolamina, una droga que provoca la pérdida total de memoria y conocimiento, y es usada por muchos violadores. No es lo que ella había tomado, pero sí tenía algo en común: la mandrágora, una planta que, administrada, es depresora del sistema nervioso y provoca que el que la ha recibido no recuerde lo que le ha pasado. ¿Me sigues?

—Creo que sí.

—En el caso de Lía Robinson, sí recordaba parte de la noche, incluso que se había acostado con Arturo Coelho, por lo que el médico suponía que podría haberle sido administrado algún derivado. Por alguna razón, no había rastro de los demás componentes; algunos desaparecen sin dejar huella en el torrente sanguíneo y, solo con una orden judicial o si lo quiere la persona en cuestión, se puede hacer un análisis del cabello.

—¿Y lo hicieron? ¿Pidieron esas pruebas?

—Su padre me confesó que no. Al parecer, Lía despertó de su paranoia alcaloide y se puso como loca. Ella había mantenido relaciones sexuales voluntariamente, les había dicho. Y tampoco podían denunciar una violación, pues el análisis ginecológico confirmaba que había tenido relaciones, no estaba claro con cuántos individuos, pero lo que sí era seguro es que no había sido forzada. No tenía heridas, rozaduras o desgarros internos, ni se encontraron erosiones o excoriaciones. Lía repetía por activa y por pasiva, aquella misma mañana, después del *colocón*, que nadie había abusado de ella. El examen bacteriológico y parasitario del contenido vaginal daba negativo y, lo más gracioso de todo, no había restos de semen o espermios. Nada.

—Pero si estaba bajo los efectos de las drogas que le administraron, pudo permitir esos abusos sin ser realmente consciente de ello... ¿Y todas esas marcas en el resto del cuerpo? —me apresuré a decir.

—Ahí está la complicación del caso, Samuel. Lía, de entrada, no recordaba mucho más, estaba avergonzada y todavía bajo los efectos de la droga que le habían administrado, y tenía la mayoría de edad, así que decidió que no iba a denunciar nada... Hasta que empezaron las pesadillas y todo lo que le hicieron volvió a su mente —suspiró, se bebió el resto del café y apartó el plato vacío hacia un lado—. Sin mencionar que su compañera de juerga aquella noche, a fecha de hoy, aún no ha aparecido.

Titubeé unos instantes antes de intervenir.

—Pero me dijiste que habían denunciado.

—Sí. Como te he contado, durante los primeros días, no pudieron hacer nada. Su padre me confesó varias veces que no tenían ni la menor idea de cómo actuar, como tampoco sabían que la otra cría había desaparecido; apenas conocían a las amigas de su hija. Tania era una chica que vivía en la residencia universitaria y sus padres tardaron otros tantos días en saber que algo le había sucedido. Entonces, cuando decidieron denunciar, se encontraron con las lagunas mentales de Lía, que recordaba por trozos, como si en su pequeña cabecita tuviera una serie de diapositivas en blanco y negro que se paraban por momentos. Y, lo cierto es que, cuando Lía recordó los golpes y el abuso, y digo abuso porque realmente ella no estaba en condiciones de negarse o hacer nada, ya era demasiado tarde y aquello no iba a sostenerse por ningún lado. Créeme, soy abogado; lo sé con toda seguridad. Además, hay que contar con las amenazas y un pequeño detalle a modo de *talón al portador* con varios ceros, por las molestias, con lo que terminaron por retirar la denuncia. Una tragedia. Dudo mucho que esa cría vuelva a tener una vida normal después de eso, sin contar con la carga que implica que su amiga no haya aparecido. Como otras tantas, Samuel.

—Y la humillación de sacarlo a la luz, supongo —confirmé—. Estaba drogada, bebió... Ella quería, es mayor de edad.

—Esos padres no iban a exponerla a todo eso, Samuel. Pastrana y Coelho soltarían a sus perros de presa para una defensa apoteósica. Tampoco voy a enrollarme con lo que implica la desaparición de una chica mayor de edad que no ha dejado rastro. No digo que no la estén buscando, no han dejado de hacerlo con ninguna de las crías; el problema es que no tienen por dónde empezar. Nadie sabe nada. Y con esto te dejo claro hasta qué punto llega el entramado de ese tipo. Desapariciones en las que solo pueden señalar que estuvieron con ellos, abusos sin demostrar, armas, gorilas traídos de los Países Bajos... Ahí es donde te vas a meter, amigo mío. Quiero que seas consciente de que vas a abrir las puertas del mismo infierno. —Alzó los brazos al cielo, luego los dejó caer sobre la mesa y golpeó con fuerza encima.

—Álex, ella lo ha perdido todo y, si realmente tiene las pruebas para encerrar a ese individuo, estoy dispuesto a arriesgarme.

Pagó la cuenta y se levantó con un gesto de suma preocupación.

—¿Cuánto queda para el juicio?

—Poco más de una semana.

Dijo algo entre dientes que no llegué a escuchar, pero supuse que me mandaba a la mierda mientras abría la puerta.

8

No fui capaz de explicarle a Álex lo joven que me había sentido al lado de Salomé. Su necesidad de que la protegiera, su miedo a la oscuridad y aquella sensación de fragilidad que me trasmitía me hacían recordar, cada día que pasaba, que ella estaba sola en algún lugar; que, allá donde estuviera, donde hubiera ido, también llegaba la noche. No podía soportarlo. Mi obsesión por buscarla empezó a hacer mella en mí. Álex me había llamado un par de veces para tranquilizarme, para decirme que estaba buscando la forma de introducirme en la casa de Pastrana y que debía tener paciencia, pero yo estaba demasiado preocupado por Salomé y me resultaba casi imposible pegar ojo por las noches o trabajar en mi siguiente libro. La tarde del miércoles, no soporté más la espera, cogí mi coche y fui directamente hasta el local nocturno de *jazz* donde la había conocido. No recordaba el camino a su casa, estaba demasiado borracho la noche en que me llevó allí, pero tenía claro que no habíamos andado mucho tiempo y que una casa de esas características no pasaba desapercibida en aquella ciudad. A las ocho de la tarde y después de cincuenta vueltas y a punto de desesperar, la encontré. Sin duda era aquella, imposible de confundir: una casa oculta entre un inmenso follaje, herméticamente cerrada por una enorme verja de hierro forjado y totalmente cubierta por enredaderas. No recordaba el porche octogonal que la precedía, ni los inmensos ventanales —algunos incluso con cristales de colores—, sus tejadillos en pico o la madera que cubría su fachada imitando perfectamente esas casas americanas que salen en las películas, pero estaba seguro de que aquella era la casa de Salomé. Pensé que las constructoras pagarían millones por aquel solar con la intención de derribar esa antigüedad y construir algún edificio de oficinas. No eran muchas las casas de ese tipo que seguían en pie. Tarde o temprano sus propietarios fallecían y los herederos preferían vender a pasar la vida compartiendo una casita de cuento. Subí los peldaños de las escaleras de madera y llamé a la puerta, pero nadie me contestó. El pequeño buzón estaba repleto de cartas y folletos de publicidad. Pegué la nariz a la cristalera e intenté visualizar el interior, pero me resultó imposible ver nada. Giré el pomo, estaba seguro de que no cedería, pero para mi sorpresa la puerta estaba abierta y entré.

—¿Hola? —Elevé un poco la voz—. Salomé, soy Samuel Ross. ¿Estás ahí? —insistí. Nadie me contestó.

Toda la planta de abajo estaba a oscuras. La casa estaba repleta de muebles antiguos, algunos de ellos tapados con sábanas para protegerlos del polvo. Asomé la cabeza por la primera puerta que daba a la cocina, volví sobre mis pasos y entré en un amplio salón comedor con una inmensa lámpara de araña colgada del techo. El resto de los muebles estaban tapados con sábanas blancas y me dirigí a las escaleras que subían al piso de arriba.

—¿Salomé? ¿Estás arriba? —volví a preguntar.

La planta de arriba estaba vacía, al menos fue la sensación que tuve al atravesar el pasillo en dirección a una puerta que parecía ligeramente iluminada. La abrí muy despacio, la luz provenía de una pequeña chimenea que refulgía. En ese momento recordé parte de mi noche, vi las butacas de terciopelo rojo y el pequeño perchero de madera. Yo había estado en aquel saloncito, recordaba la calidez del fuego, el crepitar de las llamas aquella madrugada.

—No debería estar aquí, señor Ross. —Su voz sonó tras de mí.

—¡Joder! —grité.

Del susto me di contra la pared y a punto estuve de caer de bruces. Salomé estaba frente a mí, me miraba con los ojos muy abiertos y una leve sonrisa en la cara, creo que incluso le resultó graciosa mi reacción. Me agarré el pecho con la mano creyendo que se me iba a salir el corazón en cualquier momento y me incorporé.

—Me has dado un susto de muerte. ¿No me oíste llamarte?

—¿Qué hace aquí? —volvió a preguntar—. No debería haber venido.

La miré ofuscado intentando no parecer desquiciado y fruncí el ceño. Ella pasó junto a mí, atizó el fuego y se sentó en la butaca más próxima.

—¿Que qué hago aquí? —contesté. La seguí confundido y aún recuperándome del susto—. Salomé, no hemos hablado desde que te fuiste y se supone que esperas una respuesta por mi parte, ¿no?

Llevaba un vestido de organza color salmón, reconocía la tela porque a Rita le apasionaban aquellos tejidos vaporosos. Estaba descalza y miraba el fuego en silencio mientras yo seguía de pie en la sala.

—Salomé, ¿me estás escuchando?

—Sí, pero no era necesario que viniera aquí. Solo le dejaba un poco de tiempo para que meditara su decisión a solas.

Me dejé caer en la butaca anexa a la suya y la observé algo confundido. Miré alrededor: había una decena de cuadros con marcos dorados colgados en las paredes, unos con flores, otros con decadentes bodegones, alguno con algún dibujo de caza que me recordaban a mi abuela.

—Y bien, ¿no me vas a preguntar? —Me empezaba a molestar su pasotismo—. ¿No tienes curiosidad por mi decisión?

—Ya sé qué ha decidido.

Me miró y vi de nuevo aquella dulzura en sus ojos que tanto me conmovía.

—¿Sí? ¿Y qué se supone que haré? Según tú, claro.

—Va a ayudarme. Lo supe en el mismo momento que salí de su casa el domingo.

—¿Qué te hace pensar eso?

Me sonrió con tristeza, como si supiera que la estaba poniendo a prueba y me negaba a aceptar qué era exactamente lo que iba a hacer.

—Su rabia, señor Ross —dijo—. Es como cuando un niño se enfada con su madre porque debe hacer los deberes, aunque sabe que no le queda más remedio. Patalea, se enfada consigo mismo, pero debe hacerlo y lo sabe.

—Las comparaciones son odiosas —suspiré—. Creo que sabes lo que me juego, lo que arriesgo por ti y por lo que te hicieron.

—Lo sé perfectamente y por eso no he ido a verle. Es justo que los días afiancen su decisión, que no sea algo tomado a la ligera e impulsivamente. Mi presencia en su casa no le dejaría pensar con claridad.

Le cogí las manos y me las llevé al pecho, Salomé me miró algo confundida.

—No deberías estar aquí sola, esta casa es parte de los recuerdos que te atormentan. ¿Por qué no te quedas conmigo? ¿No tienes miedo de que venga a buscarte aquí?

—Nadie me vendrá a buscar aquí —dijo, dudó unos segundos y se apartó de mí—. Tomás vive muy lejos y su padre está encerrado, tampoco sabe que existe esta casa y que su hijo la compró. No mandará a nadie a por mí. Ya no.

—¿Todas tus cosas están aquí? —Miré a mi alrededor, la casa resultaba demasiado grande y vieja para que ella estuviera allí sola.

Todo lo que veía a mi alrededor estaba cubierto por una fina capa de polvo. ¿No dejaste nada en casa de Marisa?

—Días después de que yo pasara por su piso, entraron los hombres de Pastrana y se llevaron mis cosas, supongo que fue parte de su treta para hacer ver a todos que me había ido fuera del país. Lo poco que tengo lo conseguí en mis viajes, algo de dinero que todavía me queda y... —suspiró profundamente y se acarició el vestido— poco más.

—Y si consigues encerrar a ese hombre, ¿qué harás con tu vida? ¿Qué ocurrirá después?

—Si conseguimos, ambos —me corrigió—. Entonces dará igual lo que haga. Ni siquiera yo lo sé.

—Salomé, no es bueno que te quedes aquí sola. Ven conmigo.

Se levantó del sillón y se acercó a la ventana. La luz del fuego que salía de la chimenea marcaba el contorno de sus piernas bajo el vestido. La miré angustiado, estaba a punto de obligarla a ir conmigo. No soportaba la idea de dejarla sola en aquella casa, de que no cediera a acompañarme y a quedarse a mi lado.

—Esta casa es el único recuerdo bonito que me queda. Lo entiende, ¿verdad?

Asentí con la cabeza y me mantuve expectante. No estaba dispuesto a asumir una negativa.

—Vuelva a casa.

—No. De ninguna manera te quedarás aquí sola —repetí levantándome, pero ella puso su mano en mi pecho.

—Vuelva a casa, por favor. No se preocupe, yo iré un poco más tarde.

—No lo harás.

—Le doy mi palabra de que iré.

Apreté las mandíbulas con fuerza mientras ella mantenía la vista fija en mí. Resoplé y asentí con la cabeza, aceptando a regañadientes irme solo.

—Si no viene, volveré a buscarla, señorita, y le aseguro que la sacaré a rastras de esta casa si es necesario.

Era evidente que no me hacía gracia, que no quería dejarla allí sola, pero lo que menos deseaba era incomodarla y mucho menos obligarla a venir a rastras. Hice un esfuerzo para resultar algo más distendido y sonreí tratando de quitar hierro al asunto. Salomé se rio y volvió a sentarse en la butaca. La miré tan solo unos segundos antes de irme. Estaba totalmente enamorado y posiblemente ella ya lo sabía.

9

Cuando llegué a casa, después de dar vueltas por la ciudad, estaba demasiado nervioso para centrarme en algo. Eran las diez y media de la noche y lo único que en ese momento me preocupaba era que Salomé regresara lo antes posible a mi lado. Jamás había experimentado una tristeza tan profunda por alguien. Nunca había sido capaz de imaginarme que una mujer tan joven pudiera sufrir de ese modo y permanecer tan entera frente a lo que le había tocado vivir por puro azar. Aquella casa arrastraba demasiados recuerdos, demasiados momentos felices que podrían haber sido, y no fueron. Era imposible que ella se sintiera bien allí y me estremecí al imaginarla en absoluta soledad. De todos modos, tenía que aceptar que no podía exigirle que me acompañara, ¿o sí? ¿No iba a arriesgar su carrera por ella? ¿No había aceptado su petición y la seguía sin pensar quizá lo suficiente en las consecuencias? Álex tenía razón, la gravedad de todo aquel asunto y a quien nos enfrentábamos era algo que no acababa de asimilar del todo. O quizá sí me daba cuenta y había decidido pasarlo por alto para convencerme a mí mismo de que tenía que ayudarla y que todo saldría bien. Fuera como fuese, lo cierto era que, por primera vez en mi vida, mi carrera había pasado a un segundo plano y mi necesidad por ayudarla empezaba a cobrar más fuerza a medida que avanzaban las horas.

Perdido en mis cavilaciones, me fui a la cocina y decidí preparar algo para estar entretenido y no seguir dando vueltas al asunto. No podía dejar de pensar en que Salomé apenas habría comido en todo el día. Tenía la sensación de que había perdido peso en los últimos días. Si yo lo estaba pasando mal, no quería imaginarme el tormento que resultaba para ella todo aquello. Encendí la cafetera, rebusqué en el armario el paquete de café. Después, abrí la nevera y saqué lo primero que me pasó por la cabeza: huevos, ensalada, queso... ¡Joder, me estaba volviendo loco! No sabía ni lo que hacía. Yo tenía el estómago cerrado como un puño, pero aquellos pequeños gestos cotidianos me ayudaban a relajarme. Y me gustaba imaginarme compartiendo con ella ciertos aspectos de la vida que había abandonado tras mi ruptura con Rita y la consiguiente soledad. Puse la mesa y encendí el televisor. Sin duda, más debates en la mayoría de los canales nacionales, concursos estúpidos que jamás seguía y alguna película que no tenía intención de ver. En una de las cadenas, un telepredicador amenazaba a los pecadores con el ejemplo de justicia divina que veía en la muerte de los socios de Pastrana. Finalmente opté por uno de los debates que más sensato me parecía, en el que varios periodistas conocidos discutían la posibilidad de que el empresario saliera liberado sin cargos:

—Todos sabemos de qué se acusa a Markus Pastrana —decía uno de ellos—, pero la fiscalía debe demostrar si los hechos que se le imputan fueron cometidos por él o por sus socios recientemente fallecidos.

—¿Y qué me dicen de las denuncias por la desaparición de las jóvenes? Es sabido que Pastrana y sus hombres gastaban cientos de miles de euros en pagar lujosos hoteles y fiestas donde era frecuente que hubiera prostitutas —decía otro—. Pero, si no hay cuerpos, no existe delito, señores. Y recuerden que un hombre no debe demostrar su inocencia, sino que es la justicia quien debe demostrar su culpabilidad.

Aquello se convirtió en un gallinero y decidí quitar el volumen y seguir cocinando o lo que diablos fuera lo que estaba haciendo. Me serví una copa de vino y lo saboreé tranquilamente apoyado en el canto de la mesa. Miré al exterior, hacía mucho tiempo que no veía una noche tan estrellada como aquella. Las once y media de la noche, y Salomé no llegaba.

Dos horas después de haber llegado a casa, me subía por las paredes. Había dejado la sartén fuera y empezaba a sopesar la idea de volver a por Salomé cuando oí la verja de fuera y la vi atravesar el pequeño camino de acceso al portal. Entonces sentí que la calma se apoderaba de cada rincón de mi cuerpo.

—Estaba a punto de ir a por ti —dije abriendo la puerta—. Es tardísimo, pasa, tienes que cenar algo.

Estaba radiante, al menos yo la veía aún más hermosa que horas antes. Otra vez su pelo me dio la sensación de que había cambiado de color. Me pregunté si estaba perdiendo vista y me encogí de hombros cuando se acercó y me besó en los labios.

—Gracias —musitó.

—No tienes que darme las gracias.

Me aparté torpemente de ella con la excusa de cocinar. Mi cuerpo reaccionaba rápidamente a su contacto y la mera idea de que creyera que quería aprovecharme de la situación me provocó un sentimiento de repulsión.

—Le ayudaré —dijo entonces.

—No es necesario.

—Insisto. Haré la ensalada.

Comenzó a rebuscar por los cajones y pareció arreglarse sola. Yo aproveché mientras batía los huevos para observar aquella confianza que empezaba a aflorar en ella. Observé de reojo sus largas piernas, sus pies enfundados en unos finos zapatos, su falda y su complemento preferido: un pañuelo de algodón anudado en su cuello de cisne, que en ese momento yo deseaba mordisquear. Sacudí la cabeza para quitarme aquellas ideas y continué con mi trabajo. Ella, mientras tanto, depositaba la ensalada sobre la mesa y servía un poco de vino. Volví a sentir angustia al observar aquellos ojos tan tristes.

—Señor Ross —dijo, se sentó en una de las sillas y tomó la copa—, le indicaré con claridad dónde está la caja para que no tenga problemas en encontrarla. No la enterré demasiado, así que no le costará trabajo dar con ella.

Me situé frente a ella y coloqué la comida entre los dos. Ella tomó un trago de vino y sonrió observando la copa.

—Me empieza a irritar sinceramente que me trates de usted —afirmé rotundo. Serví un pedazo de tortilla en su plato y la miré—. Nos hemos acostado, Salomé. Creo que ese trato sobra.

—Hasta que no me ame, seguiré tratándole de usted, ya se lo dije —contestó, se rio y engulló un pedazo de comida.

«Ya te amo con toda mi alma, pero no soy capaz de decírtelo, solo deseo curarte ese dolor».

Suspiré y comencé a comer. Tras la cena, decidí darme una ducha mientras ella parecía entretenerse con la inmensa librería al otro lado de la casa. Salí del baño únicamente con un pantalón de pijama, secándome el pelo, y me topé con ella en mitad del pasillo. Salomé clavó sus ojos en mí y sonrió.

—¿Quieres darte una ducha? —le pregunté.

—No, gracias, me duché antes de venir.

—Bien, entonces supongo que estarás cansada y querrás irte a dormir.

Avanzó varios pasos hacia mí y suspiró.

—¿Qué? —En mi vida no me habían intimidado tanto con la mirada.

—Tiene un cuerpo bonito. Se nota que lo cuida y hace ejercicio.

—Usted también, señorita —dije. Lancé la toalla al cesto de la ropa sucia y la tomé de la mano—. Vamos, supongo que no querrá dormir sola esta noche.

—No, si es posible.

—No lo dudaba.

Era gracioso hasta qué punto aquella mujer había pasado de ser una terrible psicópata a una dulce e inocente víctima a mis ojos. Ya en la habitación, le entregué el camisón y comenzó a desnudarse de espaldas a mí, sentada en un lado de la cama. No pude remediar mirar sus heridas; contemplar una vez más, horrorizado, las hileras de cicatrices que cubrían casi toda aquella fina piel que solo pedía ser acariciada. No lo soporté, avancé hacia ella y besé su hombro. Salomé pegó un brinco repentinamente y me miró con los ojos inyectados en rabia.

—No haga eso, por favor. No, no soporto que me toquen ahí.

—Se me parte el alma —contesté desconcertado—. No puedo soportar la idea de que ese hombre, ese hijo de puta, haya podido hacer algo así.

Tiré de su mano y la metí en la cama. Apenas le di tiempo a que se pusiera el camisón. La abracé con fuerza y la besé la punta de la nariz.

—Perdóname —le susurré—. No volveré a hacerlo.

—Hágame el amor. No disimule más.

—Salomé...

—¿Cree que porque un hombre me haya hecho daño voy a romperme? —dijo besándome—. No necesita guardar las formas conmigo.

—Salomé —gruñí cuando noté su mano en la entrepierna—, solo intento no hacerte creer que me aprovecho de ti por lo que me has pedido.

—Usted también puede pensar que intento sacar provecho de ello, ¿no le parece? Creo que ha quedado claro que no hacemos esto por interés.

Se enroscó más en mí y sus dedos se deslizaron por mis pantalones. Aquella diosa empezaba a jugar conmigo y yo comenzaba a perder el control.

—No hagas eso...

—Hágame el amor —susurró besándome.

—Vas a volverme loco —volví a gruñir sintiendo cómo su mano deslizaba mi pantalón con rapidez.

—Usted ya estaba loco antes de conocerme.

—No tanto.

Su boca sabía a gloria cuando la besé. ¿Qué era aquello, aquella electricidad que surgía de ella, que se abría paso en mí cuando rozaba su piel contra la mía? Me miró con los ojos inyectados en deseo y perdí el hilo de la realidad y la cordura. Me clavé en ella mientras mordía su labio inferior, sentí una oleada de placer cuando su respiración entrecortada comenzó a acelerarse y me pedía más. Salomé era una mujer ardiente, quizá la rabia que llevaba en su alma era directamente proporcional a la pasión que podía demostrar y demostraba en aquel momento.

—No pare...

—Eres tan hermosa... —susurré—, tan bonita...

—Abráceme —jadeó.

Su rostro se tiñó de rojo mientras la besaba. Tenía la sensación de que su piel ardía, que me quemaba. La agarré por el pelo con suavidad y la cubrí de más besos mientras ella no dejaba de moverse. No era yo el que llevaba el control, aunque lo pareciera. Ella me tenía totalmente subyugado y le hubiese dicho que la amaba, que jamás la dejaría sola y que iba a cuidar de ella para que nadie volviese a hacerle daño. Pero tenía miedo y en aquel momento era yo el que me sentía desamparado, el que necesitaba toda esa fuerza que Salomé irradiaba cuando me miraba.

Dormí como un tronco hasta casi las diez de la mañana, algo inusual en mí. Cuando desperté, Salomé descansaba a mi lado y sentí una calma inmensa. Miré el teléfono: tenía un mensaje de Álex para comer con él. Salí de la cama con cuidado de no despertarla y de puntillas bajé a la planta de abajo. Casi me da un infarto de miocardio cuando lo vi en mitad del pasillo con sus dos ojos azul eléctrico apuntándome como dos focos.

—¡Joder! ¿Qué coño haces ahí?

Álex siempre llamaba a la puerta y, aunque tenía una llave de mi casa, nunca la había usado. Me miró con recelo, seguramente por mi cara de susto, y meneó la cabeza.

—Tienes ese maldito timbre estropeado y tu teléfono móvil me dice que estás sin cobertura —contestó. Entró en la cocina y se dispuso a ponerse un café—. Tengo noticias interesantes que...

—No es el momento —le interrumpí. Miré nervioso hacia las escaleras—. Ahora no, mejor en la comida.

—¿Está aquí? —preguntó en voz baja asomando la cabeza por la puerta.

—Calla —dije, le cogí la taza y la metí en el microondas—. Deja de asomarte al pasillo, puede bajar y verte.

—Joder, Samuel —bufó caminando en círculos—. Ponme ese puto café, lo necesito.

Se apoyó en la encimera de la cocina y se encogió de hombros. Llevaba su pelo rubio engominado. Cuando se lo peinaba hacia atrás, sus enormes ojos azules resaltaban terriblemente sobre su rostro y le hacían parecer un lémur. Se quedó en silencio un momento y luego parpadeó varias veces.

—A las dos en Mauritana. Y no llegues tarde como de costumbre.

—Toma tu café.

Me miró de arriba abajo. Álex era un hombre impulsivo. Hacía muchos años que lo conocía, pero seguía sacándome de mis casillas cuando algo le preocupaba y no sabía controlar su falta de reflexividad. Dio un sorbo al café e hizo una mueca irónica parecida a una sonrisa.

—Bueno, hoy conoceré a la asesina.

—¡Oh, vamos, Álex! Déjate de tonterías, puede oírte —imploré. Empezaba a sentirme irritado—. No hables tan alto.

—Joder, esto no pasa todos los días. Entiende que para mí es complicado asimilar lo que...

Oímos pasos en el piso de arriba y la voz de Salomé rompió el clima de tensión.

—¿Señor Ross? —preguntó desde lo alto de la escalera.

Sin quitar la vista de Álex fruncí el ceño y apreté los labios haciendo una mueca para que se callara.

—En la cocina, Salomé, ahora subo.

—¿Señor Ross? —repitió Álex entre risas—. Madre mía... Señor Ross... Tiene cojones la cosa.

—¡Eres imbécil! —bramé.

Salomé apareció en el umbral de la puerta con una camiseta mía y el pelo revuelto, y en aquel momento no sé quién de los dos parecía más imbécil, si yo, que ya tendría que estar acostumbrado a verla, o Álex, que se quedó inmóvil contemplando sus largas piernas y aquel rostro angelical que intentaba adaptarse a la luz de la estancia.

—Buenos días —dijo, me miró con dulzura y dirigió una ojeada a Álex—. ¡Oh, vaya! No sabía que estaba acompañado.

Se ruborizó y tiró de la camiseta. Yo no podía moverme; miraba a Salomé, miraba a Álex, que todavía estaba con los ojos abiertos como platos y no dejaba de observarla anonadado, y volvía de nuevo a mirar a Salomé.

—Este es —dije cuando recuperé el sentido— mi mejor amigo desde la infancia. Álex Sierra. Álex, para los amigos... ¡Álex!

Este sonrió, dejó la taza en la encimera y se acercó a ella.

—Un placer, Salomé —murmuró y le besó la mano—. Encantado de conocerte. Ya ves que mi apellido es menos glamuroso que aquí el del *señor Ross* —dijo con retintín mientras yo le fusilaba con la mirada—. No tengo la suerte de tener familia lejana irlandesa. —En aquel momento me apeteció matarlo.

—Yo... Si llego a saber que está acompañado, me habría vestido.

—Tranquila, no te preocupes.

Salomé esbozó una sonrisa devastadora y me besó la mejilla con dulzura. Creo que en ese momento me sentí el hombre más afortunado del mundo.

—¿Quieres desayunar?

—Claro, estoy muerta de hambre.

—¿Tostadas? ¿Café y zumo?

—Perfecto.

Empujé a Álex, que seguía con la boca abierta, y le dirigí una mirada asesina.

—Salomé, Álex nos ayudará a entrar en la finca de Markus Pastrana. Es el único en el que puedo confiar. Además de mi mejor amigo, es mi abogado y tiene buenos contactos.

Salomé lo miró de soslayo y bebió su café.

—Gracias. Le agradezco la ayuda.

—No hay de qué.

Cuando le serví las tostadas, devoró ambas rápidamente. En aquel momento parecía una niña recién levantada, su falta de maquillaje y aquella camiseta tan grande la hacían parecer más joven de lo que ya era.

—¡Álex!

—¿Sí?

Estaba embobado y se balanceaba de adelante atrás con la taza en la mano y una sonrisa estúpida.

—¿Puedes mirarme?

Álex meneó la cabeza y se terminó el café. Carraspeó, dejó la taza en la encimera y se frotó la cara, nervioso.

—Bueno, lo dicho, te veo a mediodía, no tardes —contestó y dirigió un gesto rápido a Salomé—. Un placer, señorita.

—Lo mismo digo, caballero —dijo ella rápidamente. Un placer.

Salió farfullando algo que no alcancé a escuchar. Algo me decía que esa comida iba a ser un infierno; sin embargo, tras volver a mirar a mi diosa, recuperé la alegría.

10

No me dejó acompañarla a casa. Mi idea era llevarla en coche, dejarla delante de la puerta y después irme con Álex, pero ella dijo que quería dar un paseo, respirar aire puro y hacer unas compras. Me enfurecí conmigo mismo, sabía que no tenía ningún derecho sobre ella, pero mi obsesión por protegerla me hacía perder los estribos. Cuando llegué al restaurante, Álex me esperaba sentado frente a una mesa que estaba un poco apartada del resto.

—Es espectacular esa mujer —dijo Álex levantando la copa—. No me extraña que te rindieras a sus encantos. Es muy bonita y muy agradable, no parece...

—No lo es —le interrumpí. Me senté de mala gana y pedí la carta.

—No pierdas los papeles, por el amor de Dios. No debes olvidar que no es una simple víctima como el resto. Esa mujer ha ido más allá. Aunque tengo una curiosidad que me ronda la cabeza desde que escuché las cintas. —Lo miré sin verle. Álex sonrió—. ¿Por qué no ha ido nunca a buscar a Tomás Pastrana? Es decir, ya sabía que estaba fuera del país, es difícil dar con ese chico pero no imposible. Si tanto lo amaba, ¿qué se lo impide incluso a fecha de hoy?

—No te negaré que esa misma pregunta me la he hecho varias veces, pero, después de analizar ciertas partes de la historia, deduzco que no es compatible verse ahora mismo con el hijo del hombre al que pretendes destruir... o quizá todo ese amor ha sido solapado por el daño que su familia le hizo y renuncia a él. No sé, no lo tengo todo lo claro que desearía. Supongo que nunca sabemos cómo vamos a reaccionar ante una tragedia de ese calibre.

—Quizá Tomás Pastrana esté vigilado por su padre y ella lo sepa.

—Ese sería un buen motivo. Dime —proseguí intentando cambiar de tema inmediatamente—, ¿qué sabemos del plan?

Álex me dirigió una mirada inquisitoria y suspiró.

—Te colaré en la empresa de jardinería que hace el mantenimiento de la finca Pastrana. Entran a las ocho de la mañana y salen a las tres.

—¿Cómo lo has conseguido?

—Suerte. Investigué un poco todas las empresas contratadas para los servicios y esa es propiedad de un cliente mío. No conozco a nadie más que nos pueda colar, esa casa está blindada desde que Pastrana ha sido detenido, lo que me hace pensar que allí dentro guarda demasiadas cosas que no le agradaría que la policía encontrase. Además, si tienes que andar por los alrededores, es el mejor puesto que nos ha podido tocar.

—Sí, es verdad.

Miré a la camarera y sonreí mientras le indicaba lo que queríamos.

—Lo cierto es que estarás rodeado de sicarios de Pastrana, pero es todo lo que tenemos. El primer día limítate a trabajar, observa sus costumbres, sus hábitos. No llames la atención ni para bien ni para mal. Lo importante es que pases totalmente desapercibido y trabajes como uno más, al menos al principio. Tienes tiempo.

—Creo que tiempo es lo que no tenemos, el juicio es dentro de unos días.

—Empiezas pasado mañana.

Lo miré con tristeza y evoqué el rostro ovalado de Salomé. En ese mismo instante fui consciente, por fin, de dónde me estaba metiendo.

—Tranquilo, yo estaré cerca, llevarás un micrófono. Si por cualquier cosa pasa algo, entraré allí a por ti.

—¿Y que nos maten a los dos? Buen plan.

—Escúchame bien, Samuel Ross, eso es lo que haré y, si no aceptas, no te colaré en este plan suicida. Si te pasara algo, no me lo perdonaría. Así que o lo tomas o lo dejas, pero es mi última palabra. Si todo sale como esperamos, me alejaré con mi coche y nos reuniremos en tu casa para no levantar sospechas. Creo que es lo más acertado y seguro.

Empezaba a ponerse tenso. La camarera trajo la comida y esperé antes de responderle.

—Vale, Álex. Vale... Haremos lo que tú dices.

—Así me gusta —respondió con severidad.

—Vete a la mierda.

—Yo también te quiero, Ross. —Se hizo un leve silencio y al poco preguntó—: ¿Y qué va a pasar ahora con Rita? ¿En qué punto está ahora mismo tu relación con ella?

Le eché una mirada paciente. Álex tenía sus pupilas clavadas en mi cara y jugueteaba con el cubierto moviendo la ensalada inconscientemente. Dejé el mío sobre la mesa, apoyé los codos y arrastré el mantel sin darme apenas cuenta.

—Ni yo mismo lo sé —y no mentía—. Sabes que hace varios meses que se fue y ni siquiera me coge el teléfono.

Desvié la mirada hacia el exterior del restaurante y me quedé contemplando una bonita casa de techo inclinado con dos salientes en forma triangular, fachada de madera oscura y ventanas blancas con diminutas jardineras desperdigadas por todo el perímetro. Yo sabía que esa urbanización, muy próxima a la vivienda de Álex, hubiera sido el lugar perfecto para comenzar mi vida con Rita. Abandoné aquellos pensamientos repentinos y miré a mi amigo.

—No toda la culpa fue tuya, Samuel —me dijo.

Sin embargo, ahora veía las cosas de un modo totalmente distinto. Afirmé muy despacio y le sonreí.

—Te agradezco ese comentario, pero no es del todo cierto —comencé a decir—. Rita quería lo que cualquier persona en este jodido mundo hubiera deseado, lo que tú mismo tienes: una familia, Álex. Y no es solo que quisiera ser madre, ambos sabemos lo que pasó en su infancia y lo importante que era para ella cerrar ese ciclo de su vida. El problema es que, cuando la conocí, no le dije que mi carrera iba a estar por delante de sus sueños. Y ahora... ahora pienso que podríamos haber llegado a un punto medio. ¿Entiendes lo que te quiero decir? No sé. Tampoco tiene mucha importancia ya, pero de algún modo la engañé.

—Eso no es cierto. Estás siendo demasiado duro contigo mismo.

—Sí, lo es. Rita me contó desde el primer momento lo que deseaba en su vida y yo tenía claro que jamás abandonaría mi carrera o dejaría de lado mi trabajo ni siquiera un tiempo. Ya sé que ella jamás me ha pedido eso ni mucho menos, pero, indirectamente, sus sueños me hubiesen obligado a cambiar mis prioridades y yo no estaba dispuesto a hacerlo. Fui un egoísta, Álex. No puedes permitir que una mujer se enamore de ti cuando eres totalmente consciente de que no vas a darle a corto o medio plazo lo que tanto anhela.

Álex se encogió de hombros y negó con la cabeza taxativamente.

—No, no es así. Rita también tiene su trabajo. Ella se pasa días en ese hospital haciendo horas extras, metida en una UCI, durmiendo en pequeñas salas polivalentes cuando hay falta de personal, y lo hace por lo mismo que tú, Samuel, porque ama su trabajo.

—Pero cuando volvía a casa, estaba —respondí—. Estaba al cien por cien y yo no. ¡Vamos, Álex, me conoces desde que tenemos cinco años! Me paso los días dando conferencias, clases en la universidad, ayudando a departamentos de la Policía y, cuando al fin llego a casa, pueden darme las cinco de la mañana tecleando en el ordenador hasta que termino un capítulo o, válgame Dios, todo un libro. ¿Sería un buen padre? ¿Un buen esposo ausente?

—Eres demasiado duro contigo —repitió.

—Siempre he sido muy egoísta con relación a mi carrera y tú lo sabes mejor que nadie. Ya ves lo mucho que veo a mi familia, nunca tengo tiempo. Pero si hay algo que me ha revuelto por dentro de algún modo, ha sido conocer la historia de Salomé, todo lo que deseaba hacer, todo ese amor... Su forma de ver la vida... —Me sorprendí escuchándome a mí mismo—. No es una sociópata, Álex. No disculpo lo que hizo, jamás lo haré; sin embargo, tengo la sensación de que se lo debo, de que todos se lo debemos por el estúpido detalle de vivir en el mismo mundo que se lo ha arrebatado todo.

—Pero mató a dos hombres, Samuel —respondió—. Mató a dos hombres y a nosotros no nos han enseñado a tomarnos la justicia por nuestra mano. Esto no funciona así. ¡Joder, Samuel! Yo no digo que no me alegre de esas muertes, que no se lo merecieran, sabes que me enfrento cada día a decenas de situaciones injustas que la ley no corrige, y que incluso jamás llega a castigar por toda esa maldita burocracia; pero si todos nos tomáramos la justicia por nuestra cuenta, aunque tuviéramos esa mirada dulce y amable, como ella, sería el fin de este jodido mundo. ¿No te das cuenta?

—Tú hubieras hecho lo mismo si alguna de tus hijas...

—¡Oh, claro que sí! —exclamó—. Lo haría, sin titubeo alguno. Pero yo no estoy hablando de lo que haríamos, estoy hablando de lo que debemos hacer. ¿Crees que no acabaría con cualquiera de esos patéticos pederastas que están en la cárcel? ¿Que no disfrutaría eliminando a esos asesinos y violadores de niños? ¿Quién no? Pero no podemos hacer eso. No estamos programados ni creados para eso. —Se quedó en silencio. Respiró profundamente y sus grandes ojos se movieron de un lado a otro como si buscara algo.

—Ya lo sé —susurré—, pero no lo puedo evitar. No puedo evitar compadecerme de ella. Cuando llegó a mi casa era una princesa de mármol que de un modo mesurado me exigía que la escuchara. Pero, a medida que narraba todos aquellos acontecimientos... Álex, llevo toda mi vida relacionándome con asesinos. Toda mi carrera intentando llegar a esas mentes y encontrar la razón de ese clic que transforma a un buen padre de familia, con una vida perfecta, en un asesino itinerante y despiadado. Intento saber qué hace que un adolescente poco social decida un día entrar en un colegio y matar a todos sus compañeros o, incluso, trato de entender cómo el amor hacia una mujer puede convertir a alguien en un verdugo capaz de asesinarla... Pero ella no tiene nada que ver con esto, Álex.

—No todos son tan sencillos de clasificar, Samuel. Cada uno de esos sujetos actúa partiendo de una educación, una deformación en esa mente y unos intereses protegidos por la pérdida de la humanidad y la cordura. No creo que conozcas tanto a Salomé... No lo sé...

—¿Sabes una cosa? Después de todo el tiempo que he dedicado a estudiar a esos sociópatas, a esos criminales organizados o desorganizados, con vidas perfectas o con traumas que les han forjado un carácter destructivo y acomplejado, me doy cuenta de que la culpa de que ellos existan es única y exclusivamente nuestra. No necesito un enfoque clínico o una lógica deductiva para llegar a este punto. Están ahí porque hemos fallado, Álex. El Estado ha fallado a esas mujeres que piden ayuda al retrasar una orden de alejamiento o al no ponerles efectivos que protejan su intimidad. Los padres fracasan con esos hijos a los que maltratan o de los que abusan cuando apenas tienen la edad legal para ir solos al colegio. La ley fracasa cuando suelta a ese pederasta por falta de pruebas, aunque se sepa que, en cuanto salga a la calle, volverá a sentarse en el mismo banco, observando el mismo parque y los mismos niños, hasta que uno de ellos se aproxime y todo se desencadene. ¿Quieres que vaya más allá? ¿Qué me dices de los niños que no tienen lo que se dice *don de gentes*? Niños que no son guapos o populares, y que sufren acoso y malos tratos en el colegio. Todo el mundo mira hacia otro lado y de nada vale un abrazo al llegar a casa cuando sabes que tu hijo regresará a ese infierno y volverán a machacarlo; de nada sirve un castigo de un profesor hacia los verdugos si cuando salgan de los límites del colegio... ¡Ah, amigo, ya no es asunto nuestro! Ese niño, ese adolescente, necesita algo más que su familia, necesita una infraestructura entera que lo ayude a gestionar todas esas frustraciones para que el día de mañana no se convierta en un psicópata. —Hice una pausa. Me estaba ahogando.

—Tienes razón. Buscamos remedios cuando el mal ya está hecho.

—Nos equivocamos en los tiempos y fallamos. Somos responsables como sociedad, somos responsables como padres, como amigos que no vemos o como vecinos que miramos hacia otro lado. Y, aunque ahora la cosa está mucho mejor que hace veinte años, no es suficiente. Meter en la cárcel a un chico de veinte años por matar a cinco compañeros que le machacaron su infancia no es la solución, Álex.

—La ley es inflexible e igual para todos.

Me reí discretamente. Sonaba más a un lamento.

—La ley es cómoda y no cura a un psicópata. Uno no puede pretender castigar a alguien que ha cometido varios crímenes encerrándole unos años en una prisión. El día de mañana, más tarde que pronto, saldrá y será el mismo psicópata. Y, si no somos capaces de formar una sociedad que sepa paliar ese futuro asesino antes de que su cabeza haga clic y mate, entonces tendremos que averiguar cómo reprogramar esa mente dañada o al menos estudiarla, pero con todos los medios que el Gobierno nos pueda dar. Aniquilar ese *gen guerrero* que regula su serotonina o, en todo caso, aniquilar esos traumas, esas experiencias que potencian esa biología.

Álex no dijo nada. Se quedó dubitativo durante un buen rato y luego me miró.

—Serán días duros, amigo. Has tomado una decisión y creo que no merece la pena seguir dando vueltas a algo que no nos va a llevar a ningún lugar. Deberías descansar. —Lo veía cada vez más preocupado por lo que se nos venía encima—. Te haré llegar el uniforme que te pondrás para entrar en la casa y todo lo necesario para que parezcas un empleado de Jardines Delsur —dijo con sagacidad—. Intenta navegar un poco por internet y familiarizarte con alguna planta para no parecer un imbécil en mitad de un jardín. Si cometes el más mínimo error, estaremos jodidos. Voy al baño. Pide la cuenta. Hoy tengo esa necesidad infantil de meterme debajo de la manta en el sofá y pasarme horas viendo la televisión con mis hijas. —Se alejó entre las mesas y yo hice lo propio.

Nada más poner el pie en la calle, el aire frío nos golpeó la cara. Aquel mes de abril estaba resultando excesivamente frío, las noches eran húmedas y el aire calaba los huesos. Álex miró al cielo cubierto de nubes y se subió el cuello del abrigo. Lo observé de refilón, ahí estaba esa parte de su profesión que tanto odiaba, el momento en el cual era consciente de que, por mucho que se esforzara, por mucho que trabajara día tras día por dar un poco de justicia a las personas, había situaciones que no podía controlar. Esa era la parte más frustrante de su trabajo, él siempre me lo había dicho, la parte que siempre le costó más entender y aceptar.

Nos mantuvimos en total silencio mientras todos aquellos pensamientos y la imagen de Salomé se hacían cada vez más latentes en mi cabeza. No quería pensar en lo que me esperaba en unos días. Tras varios minutos de caminata, llegamos hasta el lugar donde yo había dejado mi coche, cerca de la casa de mi amigo. Sin duda aquella casa representaba a Álex en todos los aspectos. Era una casa revestida en madera y con el tejado en color gris. Poseía un pequeño garaje anexo, dos plantas regulares con amplios ventanales perfilados en tonos oscuros y una escalera central que daba acceso a un porche. Todo un clásico, pensé para mí mientras buscaba las llaves del coche. Al menos aquella era una casa normal y no como mi *mansión* victoriana de escritor paranoico y solitario. Volví a pensar en cuervos que hablan y bichos voladores, y me pregunté si en realidad no estaba perdiendo definitivamente la cabeza.

—¿Quieres entrar y saludar a Astrid y las niñas? —me preguntó Álex.

Pero yo estaba demasiado nervioso y agotado para enfrentarme a una reunión familiar, así que rechacé la oferta con delicadeza mientras abría la puerta del piloto.

—Creo que ahora mismo los dos sabemos que no sería buena compañía. Notarían que algo en mí no va bien. —Él asintió y, por primera vez en más de treinta años, no insistió.

—Descansa, Samuel —me imploró—. Estaremos en contacto.

Le palmoteé en la espalda en un gesto de cariño y luego me alejé en dirección a mi casa. Quizá descansar hubiese sido lo más sensato, pero fui incapaz de pegar ojo en toda la tarde, sin mencionar la noche y todo lo que conllevaba.

«De amor nunca se muere... Oh, nena, de amor nunca se muere», decía la canción de Tomás Jones en *Música de siempre* cuando puse la radio.

Creo que me dormí de madrugada, escuchando aquel soniquete de estribillo en mi duermevela. No lo sé. No estoy seguro. Solo recuerdo el rostro de Salomé en mi último pensamiento. Y que no soñé.

11

No volví a ver a Salomé durante los siguientes días. Estaba convencido de que ella no aparecía para darme la posibilidad de arrepentirme, pero no lo hice. Llegó el día señalado y entré a trabajar de jardinero en la mansión Pastrana. Qué real era todo aquello... Tenía la sensación de que ya había estado allí en algún momento de mi vida. La descripción de la casa, de sus muros de mármol y de sus altos y contenciosos límites era tan exacta que me sobrecogí. Aquel primer día, como me había recomendado mi amigo, me limité a observar y trabajar. Bueno, más bien intenté hacer ver que trabajaba recortando los setos de delimitación más al estilo de Eduardo Manostijeras que de un jardinero profesional como se esperaba de mí. No obstante, las pocas veces que me crucé con alguno de los hombres de Pastrana, no pareció que mi técnica les llamara la atención.

Aquello era como el jardín de las delicias. Varias rocallas se desperdigaban por la finca, gramíneas ornamentales, rosales, alguna palmera. Yo sabía exactamente dónde estaba la caja o, al menos, dónde debería estar. Salomé me lo había dejado claro: en la primera rocalla a la derecha, justo delante de la ventana de Linda Pastrana, que, por suerte, a una hora más bien tardía, si le daba por asomarse desde el piso superior, estaría lo suficientemente drogada o borracha para no ver ni a un elefante en medio del jardín. Álex me había colocado un pequeño micrófono en la cadera. Era uno de esos trastos diminutos, muy al estilo de las películas americanas, que apenas se notaba. Por prudencia, él no podía hablar conmigo, pero sí estaría informado de todo lo que pasara a mi alrededor. Yo, prudentemente, apenas le dirigía la palabra, temía que en cualquier momento alguno de aquellos gorilas o, incluso, mis compañeros de trabajo se acercaran y me oyeran hablando solo o, quién sabe, incluso me descubrieran. Tararé alguna melodía, no recuerdo cuál, solo pretendía relajar mis nervios y parecer un hombre normal desarrollando su labor mientras estudiaba con meticuloso cuidado cada movimiento en los alrededores, las ventanas cercanas a la rocalla, la silueta delgada y delicada de Linda Pastrana a través de las finas cortinas y aquella sensación de congoja que no me abandonaba.

El día pasó sin ningún contratiempo. A la hora prevista, las tres de la tarde, recogí mis herramientas y, tras pasar por el inquisitorio control de la entrada, me largué de allí en la camioneta que Álex me había conseguido.

Aquella noche apenas dormí; la cabeza no dejaba de dar vueltas con todas las cosas que podían salir mal. Por la mañana, después de hablar por teléfono con Álex y escucharle repetir varias veces en un tono suplicante que tuviera mucho cuidado, me encaminé a mi infierno personal. ¿Lo hacía por ella? ¿Por la justicia que no había tenido? ¿O quizá por mí mismo, por la curiosidad por la caja y mi posible fama? No lo sabía. Sentí una opresión en el pecho. ¿Y si todo era una locura? ¿Y si era una maldita caja con unas míseras fotos y hacía el ridículo? ¡Oh, qué sensación de impotencia! Giré por la avenida principal y encendí un cigarrillo. ¿Qué importaba ya? Yo lo había decidido así. Era un acto de fe hacia aquella mujer y su causa. A fin de cuentas, lo peor que me podría pasar era que me enterraran vivo en algún campo de girasoles en el otro extremo del país.

Eran las dos del mediodía cuando, con mi bolsa negra de basura repleta de hojas muertas y restos de tierra que había sacado de la rocalla, comencé a excavar. Al principio el sudor me corría por la frente de una manera exagerada, lo limpié con los guantes y me supliqué a mí mismo calma, no estaba haciendo nada raro realmente. Era un jardinero, ¿no? No tardé en notar algo duro con el pico del pequeño azadón. El corazón me comenzó a latir a doscientos por hora y, al inclinarme, después de mirar alrededor varias veces, aparté los restos de la tierra y pude ver la caja de metal. Tiré de ella con fuerza, era un poco más grande que una caja de puros, y la metí en la bolsa de basura. Cubrí el agujero con las manos, aplasté la tierra y traté de dejarlo lo más parecido a como estaba. Me incorporé, me temblaban las piernas como en mi vida y avancé con la bolsa por el lateral de la casa en dirección a mi caja de herramientas. Un gorila de Pastrana de metro noventa y que pasaba de los cien kilos se cruzó conmigo, me saludó levantando las cejas y se alejó por el camino empedrado. En aquel momento me sentí relajado, igual todo aquello todavía salía bien.

—Ya lo tengo —susurré a Álex—. Vuelvo a la camioneta.

Di la curva de la esquina sur por el pequeño caminito de losetas de mármol que rodeaban todo el perímetro de la casa y choque de frente con Linda Pastrana. El corazón se me aceleró brutalmente.

—Tú —me espetó. Observó la bolsa y me lanzó una mirada desafiante—, te he visto. ¿Qué llevas en esa bolsa? ¡Te he visto!

Levantó la voz. Llevaba la bata de actriz de cine que Salomé me había descrito, se balanceó torpemente y se pegó más a mí. Estaba a punto de morirme de un infarto, así que lo único que se me ocurrió fue empujarla contra la pared y suplicar que bajara la voz. Yo solo pensaba: «¡Dios mío, Álex, espera, todavía queda una posibilidad de salir vivo de aquí!».

—Por favor, baje la voz. No grite. —Ojeé nervioso a ambos lados y luego volví la vista hacia Linda—. Por favor, Linda...

—¡Llamaré a los...!

Le tapé la boca y me desesperé.

—Por favor —murmuré—. Soy amigo de Salomé. Señora Pastrana, le suplico que me escuche y que no grite, por favor. Si me descubren aquí, me van a matar y usted sabe que será así.

Mi guante era tan grande que le tapaba casi toda la cara. Sus inmensos ojos azules se abrieron como platos y pareció relajar su cuerpo.

—Por favor —repetí—, solo quiero irme. Hago esto por ella. Esa caja puede... —no sabía ni qué decía— cambiarlo todo.

Aflojé la mano enguantada al notar que sus dedos dejaban de clavarse en mi carne. Linda dejó caer los brazos a ambos lados de su cuerpo y, cuando la liberé, me miró consternada.

—Señora Pastrana —dije y miré a ambos lados una vez más—, hágalo por su hijo, por favor, por ella. Déjeme salir de aquí, le juro que solo he venido por la caja.

—¿Qué hay en la caja?

—No lo sé. No tengo ni idea. Lo único que sé es que debo entregarla mañana. Es necesario. Todo puede cambiar si me permite salir de aquí con ella.

Uno de los hombres de Pastrana apareció entonces por la derecha y se acercó a paso ligero. Llevaba un traje de color negro, una camisa excesivamente pegada a su cuerpo y unas gafas de sol.

—Por favor, señora —susurré implorante.

—¿Algún *prroblema señorra*?

Linda lo observó, alzó la mano con gesto altivo y meneó los dedos con elegancia.

—Sigue a lo tuyo, Nicolae. Este inútil no sabe cómo arreglar las rosas y tengo que perder mi tiempo explicándoselo.

Se apartó de mí, me hizo un gesto presuntuoso y avancé por el camino hasta los rosales, detrás de ella. La bata revoloteaba con la brisa y su pelo parecía brillar por encima de aquella mormera de pastillas que parecía tenerla, por suerte para mí, lo más próxima a la cordura. Era hermosa, muy hermosa, sin embargo su belleza estaba cubierta de un velo de tristeza y melancolía.

—¿Quién eres? —preguntó mirando las flores.

—Ya se lo dije, un amigo de Salomé. Conozco su historia. —Se giró y noté esa inmensa tristeza concentrada en sus ojos—. Señora, déjeme salir de aquí —rogué—. Solo he venido a buscar la justicia que se merece. No quiero hacerle nada a nadie. Esto solo tiene que ver con su marido y con todo lo que ha hecho, con todo lo que ha destrozado. Todo lo que les ha quitado a usted y a su hijo.

Inspeccionó alrededor y se inclinó hacia las flores como si se dispusiera a enseñarme algo mientras yo me acercaba más a ella y me observaba detenidamente.

—Mañana es el juicio de mi marido.

Había vuelto la vista a los rosales y parecía canturrear mientras hablaba. Metió la mano en el bolsillo de la bata, sacó un paquete de tabaco, lo azuzó en la palma y sacó un cigarrillo. Lo encendió y le dio una profunda calada.

—Así es.

—Y pretende que le ayude a encerrarlo de por vida, claro está, porque un hombre no se arriesga de esta manera si no hay una razón de peso y un contenido importante en la caja. —Se rio suavemente, se abrochó la bata y, cruzando los brazos, se giró hacia mí—. ¿No es así?

Tenía los ojos empañados en lágrimas y apretaba los labios formando una línea recta.

—Pretendo que pague por lo que le hizo, a ella, a su hijo. Solo eso. Linda, deje que me vaya, se lo suplico.

—Llevo toda mi juventud y mi madurez con Markus, ¿sabe? —murmuró—. Toda una vida de comodidades, rodeada de lujo, de todo lo que preciso para ser feliz. —Cerró los ojos. Tenía el cigarro entre los dedos y temblaba insistentemente como si en cualquier momento fuera a caerse—. Y quiere que le ayude.

—Linda, Salomé sabe que usted es una buena persona, que quiere a su hijo con todo el alma y que lo que hizo aquella tarde fue por miedo a su marido.

Aquellas palabras le hicieron abrir los ojos y la boca terriblemente. De repente, se abalanzó sobre mí y me agarró el brazo con fuerza.

—Le suplico a Dios cada día que me perdone por todo lo que he permitido en mi vida —sollozó—. Le suplico una y otra vez que mi hijo vuelva a mi lado y que todo este horror, todo este dolor, cese y deje de atormentarme cada vez que cierro los ojos. No tiene ni la menor idea de lo que he tolerado. ¡Jamás me perdonará!

—Ahora puede hacer que todo esto termine, puede ayudarme, puede...

—Váyase —noté la presión de sus dedos—. Váyase con lo que demonios tenga ahí y, si es cierto lo que dice, si es cierto que puede hacerle pagar sus miserias y sus crímenes, ¡que Dios nos asista! —Me liberó de sus dedos, que se clavaban en mi carne, y sollozó—: Mi hijo no me perdonará en la vida... ¡Váyase! ¡Fuera!

Me empujó. Gritó el nombre de uno de los hombres de la entrada y este corrió hacia nosotros.

—Este hombre está despedido, es un inútil. Abridle las puertas. No quiero verle más aquí trabajando para mí.

Salí de allí aferrado a mi bolsa y mis herramientas, y todavía no sé cómo no perdí el conocimiento. Di gracias a Dios al ver que Álex no había intervenido. Monté en mi camioneta y me alejé a más de ciento ochenta por la carretera. Me derrumbé. Hacía años que no lloraba. Frené en la gasolinera más cercana, apagué el motor y me dejé caer sobre el volante. Miré la bolsa, me arranqué el micrófono y saqué la caja metálica. ¿Y si la abría? No había hecho todo aquello para, en el último momento, traicionarla. Ella me había pedido que no lo hiciera.

12

Estábamos los dos sentados alrededor de la mesa. Álex observaba minuciosamente la caja, que por alguna razón no se había ni tan siquiera atrevido a tocar. Miré el reloj: eran las nueve de la mañana. Apenas quedaban tres horas y no tenía la menor idea de cómo afrontar todo aquello.

—¿La has abierto?

—Ya te dije que no. Ella me pidió que no lo hiciera, Álex.

—Todo esto es de locos, no puedo pensar en otra cosa. Han sido los jodidos dos días más horribles de mi vida.

Se removió en la silla. Tenía razón en algo, todo aquello era de locos y, si fallaba, mi carrera estaba condenada al fracaso más absoluto.

—Aún puedes...

—De ninguna manera —le interrumpí—. Si hubieras visto la mirada de Linda Pastrana, su desesperación y... —negué con la cabeza— sus ojos llenos de arrepentimiento... No puedes hacerte una idea de lo que me trasmitió en ese momento. Esa pobre mujer estaba desesperada y llena de dolor.

Álex se llevó las manos a la frente y apoyó los codos en la mesa. Mi amigo estaba angustiado.

—Está bien, Samuel —dijo al fin—, ya hemos llegado hasta aquí. Ayer me faltó un suspiro para entrar en esa casa y creo que pasé el peor momento de mi vida cuando escuché a esa mujer hablar contigo. —Se levantó y se colocó la corbata—. Pero hemos llegado aquí. Ahora solo nos queda entrar en esos juzgados y que sea lo que Dios quiera. No tengo la más remota idea de lo que va a pasar, pero llegados a este punto...

—Solo *me* queda —le corregí—. No quiero involucrarte más. Si esto acaba mal, jamás me perdonaría que a ti te pasara algo por mi culpa. Cargarme mi carrera podría llegar a superarlo; cargarme la tuya es un peso en la espalda que no podría llevar.

—¿Eres idiota? —preguntó en tono irritante. Cogió la cafetera y llenó una taza—. ¿Y cómo vas a entrar? ¿Volando? —Se rio con sarcasmo—. No, mejor aún, te pones un traje de Spiderman y haces una entrada triunfal por una ventana. ¡No seas idiota, me necesitas!

Le di un puñetazo a la mesa. Álex abrió sus ojos de lémur, bebió el café de un trago, se levantó y comenzó a girar en círculos.

—¡Álex, maldita sea! —Empezaba a perder los nervios y eso no era bueno—. Álex... —murmuré intentando mantener la calma—, no puedo permitir que te involucres más. Tú mismo lo dijiste: si algo sale mal, si lo que hay dentro de esa maldita caja no es suficiente, irán a por ti también. Condenar a Pastrana por un par de delitos fiscales es meterlo en un módulo con poca seguridad, ¡no tardarían ni dos días en ir por nosotros! ¡En ir a por ti, joder! ¿Y tu familia?

—Te colaré yo en los juzgados, soy abogado. ¡Joder!

—Álex, por tu madre santa...

—No me toques las pelotas. —Ahora el furioso era él—. Si tanta fe tienes en esa mujer, si tan seguro estás de que eso —alegó señalando la caja y zarandeando la mano— puede hacerle justicia... ¡Maldita sea, amigo! —Se desplomó en la silla y se frotó los ojos—. No hay otra forma, dentro de tres horas ese puto edificio estará rodeado de un centenar de periodistas, personas histéricas pidiendo justicia, seguridad... Es imposible que entres si no es a través de alguien que conozca los juzgados y tenga una razón para ello, y yo soy abogado, Samuel, yo soy el único que puede ayudarte. No puedes llegar a la entrada con la caja debajo del brazo, no puedes colarte por una ventana, las puertas traseras solo se abren por dentro, es un laberinto de pasillos, hay decenas de salas, personal. Y no es eso lo único, tienes que irrumpir en mitad de una sala plagada de personas, de medios de comunicación y pararlo todo. ¡Es una locura!

—Me empieza a doler la cabeza horriblemente.

—Hay una forma de hacer las cosas bien —dijo entonces—. Desayuna y nos vamos.

—¿Ahora? —pregunté sorprendido.

—Sí, ahora. Todavía no han llegado los medios. Yo tengo un par de trámites pendientes, entraremos unas horas antes y alargaremos las cosas lo suficiente como para que cuando la masa de gente empiece a agolparse en la entrada nosotros ya estemos dentro. Los juzgados se unen por pasillos y tienen varias puertas de comunicación: la principal, por la que entra todo el mundo, y la trasera, por donde entran los jueces. La sala de Pastrana es la uno, la más grande. Comunica con un despacho y una sala de conferencias, y la sala de conferencias, a su vez, da a un pasillo que lleva a los despachos de la secretaria judicial y del fiscal. Iremos por ahí.

—Hiciste tus deberes —dije con sorna.

—¿Todavía te quedan ganas de bromear?

—Es por no morirme de asco, Álex —murmuré—. ¿El despacho del fiscal que comentas es el de Jeremías Meza?

—Sí. Ella te dijo que no te fiaras de nadie, pero no te ha pedido que te metas en mitad del juicio y grites: «¡Alto!», ¿verdad?

—No, eso era algo que yo daba por sentado.

—Pues no va a ir así —prosiguió—. Meza pasará por su despacho antes del juicio, te ayudaré a colarte en él y tendrás que esperar a que llegue. No sé si serán dos horas o dos minutos, pero lo que sí es importante es que no salgas de donde coño te metas a menos que sea él quien entre en el despacho.

Por primera vez en todos aquellos días, escuchar a Álex me provocó serenidad.

—Es una buena idea —sentí una punzada en la sien—. Necesito un ibuprofeno o me estallará la cabeza.

—¿Una buena idea? —preguntó algo ofendido—. Es lo más seguro y sensato. Te libra de hacer el mayor ridículo de tu vida. Pero ten en cuenta algo: aunque logres convencerle de lo que llevas, lo abra, lo examine y sirva de algo, luego quedará la otra parte de la historia: que sea suficiente como para que no te maten. ¿Eres consciente de eso?

—Joder, Álex... —resoplé, bebí para tragar la pastilla y cerré los ojos—. Me dijo que esta caja cambiaría el curso de las cosas, que Pastrana iba a hundirse con lo que había dentro de ella.

—En el mejor de los casos —dijo—, pueden aplazar el juicio y, si son buenas esas dichosas pruebas, permitir el registro de la casa y todas las propiedades que ahora siguen blindadas. No sé, son simples suposiciones. La verdad es que me siento ridículo con la caja delante, hablando de cosas que ni siquiera entiendo, y no abrirla.

Observé la caja y el pequeño anclaje metálico, y pasé la mano por encima de ella. Todavía tenía restos de tierra, aunque me había afanado por limpiarla.

—Yo también, Álex —dije—, pero siento que es como debe ser. Por primera vez en mi vida siento que estamos haciendo lo correcto. Llámame loco, me da igual, pero es así. No tengo ni idea de qué es lo que me impulsa a hacer esto, qué me lleva a anteponer esta situación a mi carrera, porque nunca lo había hecho. ¡Nunca! Sin embargo, algo me dice que siga así. No soy vehemente, siempre he pensado en mí mismo, pero hay algo dentro de mi cabeza que me dice que eso es lo correcto, por Dios...

—Vámonos. Se nos acaba el tiempo —me ordenó y se dirigió a la puerta con firmeza—. Coge esa caja y vámonos ya. No quiero dar más vueltas a este asunto. Comerás algo por el camino y luego entraremos por la puerta principal. A estas horas el registro civil, que está en la primera planta, ya está abierto. Nadie va a sospechar de un abogado y un supuesto procurador. En la entrada hay un arco de seguridad, pero nosotros no estamos obligados a pasar por él y siempre nos permiten ir por el lado lateral a la cinta. Si sales de allí, que espero que sea así, y te preguntan de dónde vienes, recuerda el detalle del registro civil. Puedes inventarte que has ido a recoger algún certificado o solicitarlo, no sé. Los juzgados no están cerrados ni paralizados por esto, solo están controlados para que la prensa o la gente que va a ver a Pastrana no entre a ese juicio o saquen fotografías de todo lo que está pasando. Joder, y cámbiate de ropa.

Subí a mi habitación. Me enfundé mis pantalones de traje y una camisa blanca. No es que quisiera ir elegante, más bien quería parecer un hombre cabal cuando consiguiera tener frente a mí a Meza. Luego me reí. ¿Hombre cabal? ¡Iba a salir de detrás de un armario!

Álex condujo hasta los juzgados. Desayuné algo en la cafetería más próxima y efectivamente, como él había dicho, *la colmena* todavía no daba señales de vida. Había metido la caja en una maleta de piel, de esa forma pasaba desapercibida y yo parecía uno más entre todos aquellos funcionarios del Estado que corrían nerviosos por los pasillos de un lado para otro. Atravesamos el primer control de seguridad sin ningún problema. Álex conocía a casi todo el mundo y no resultó sospechoso que lo vieran allí ese día, aunque fuera acompañado de un espantapájaros vestido de traje.

Frente a nosotros se alzaban dos ascensores y una puerta a su derecha. Yo le seguí hacia ella y, tras atravesarla, nos encontramos en un pequeño espacio intermedio con otro ascensor de menor tamaño y las escaleras de incendios en el lado izquierdo.

—Sube al ascensor —me dijo—. Este es más pequeño, es del personal. Vamos a la planta de Meza.

Me sequé el sudor de la frente y obedecí. Di gracias a Dios cuando, al salir del ascensor, no vimos a nadie. Álex avanzó rápido por el pasillo, entramos por la sala uno y, tras pasar la zona de conferencias, llegamos a la puerta del fiscal. No tuvimos que pasar por ninguno de los pasillos principales, ni por ninguno de los mostradores que se distribuían por el entramado de corredores indicando los juzgados, y eso nos ayudó a no toparnos con nadie inesperado. Sacó una tarjeta y me miró.

—¿Y eso? —le pregunté sorprendido.

—No pensarás que están abiertos, ¿verdad? —dijo. Sonrió con malicia, abrió la puerta y miró alrededor—. Escúchame bien, Samuel —me instó—, por tu madre, no salgas a menos que sea él.

—Álex...

Pretendía darle las gracias pero no me dejó.

—No —dijo—. No hay tiempo. Entra en el maldito despacho y, amigo..., suerte. —Me dio un leve empujoncito y cerró la puerta apresuradamente.

Me quedé como un monigote en mitad de aquel despacho totalmente descolocado sin saber muy bien qué hacer. El habitáculo estaba conformado por dos librerías diáfanas repletas de libros, un amplio escritorio con cajoneras suspendidas y un sillón de piel. En el otro lado de la habitación, una fila de armarios bajos, una puerta al fondo y poco más. Me dirigí a la mesa. Frente a ella había dos inmensos sillones confidentes y un faldón frontal que tapaba el hueco entre las patas del escritorio. Empujé la silla, me metí debajo de la mesa y comprobé que el faldón impedía la visión desde la puerta. Volví a colocar la silla de Meza en su sitio y me quedé inmóvil.

Pasaron los minutos. Me palpé mi pantalón, me había dejado el móvil encendido y me apresuré a apagarlo. Varias veces creí que me daba algo al oír en el exterior pasos y conversaciones que, por suerte para mí, pasaban de largo, hasta que, tras una media hora, la puerta del despacho se abrió y pude ver unos zapatos negros brillantes avanzar hacia el escritorio.

—Señor Meza, ¿necesita alguna cosa? —dijo una voz femenina desde la puerta.

—No, Mercè, cierre la puerta. Necesito trabajar, aún queda una hora.

—Sí, señor.

Oí el golpe de un objeto sobre mi cabeza y los pasos acompasados y lentos sobre la alfombra ribeteada de color burdeos. El fiscal se acercó a la silla y, cuando la apartó para sentarse, salí apresuradamente.

—¡Santo cielo! —gritó y pegó un salto—. ¿Pero qué demonios...?

—Señor Meza, por favor...

Me sentí ridículo. Salí a trompicones de debajo de la mesa y me coloqué delante de aquel hombre que estaba a punto de sufrir un ataque de pánico. Tenía el pelo gris y sus ojos reflejaban, aparte de un susto de muerte, un cansancio devastador. Reculó hacia atrás, me miró de arriba abajo y me apresuré a explicarle.

—Señor, sé que esto es un atropello, pero tiene que escucharme.

—¿Quién es usted? ¿Qué demonios hacía debajo de mi mesa?

Saqué la caja de la maleta, estaba muy nervioso y se me resbaló, por suerte conseguí que no cayera y la puse sobre su mesa. Jeremías Meza la estudió durante unos instantes y luego volvió a mirarme.

—Tiene que ver esto, tiene que verlo antes del juicio de Pastrana —tartamudeé—. Es... muy importante, puede cambiarlo todo. —No sabía ni qué decía.

—¿Qué es eso? ¿Me toma el pelo? —se alejó de mí y se sentó en la silla—. ¿Quién es usted?

Levantó las cejas sorprendido y palpó la caja metálica. Era un hombre grueso que llegaba claramente a los sesenta y tantos. Se tocó el pecho como recuperando el aire y resopló confuso.

—Mi nombre es Samuel Ross, señor —dije—. Por favor, es muy importante que vea su contenido antes de que empiece el juicio contra Markus Pastrana.

—¿Qué es? —repitió. Hizo un gesto para que me sentara en la silla confidente y me miró—. No sé cómo demonios se ha colado aquí, pero, caballero, espero que esto no sea una broma de mal gusto porque mi tiempo es oro y más un día como hoy.

—No, no sé qué es, solo le puedo decir que es muy importante para el juicio de Pastrana.

Me sobrevino una sensación de pánico cuando le dije aquello. Tenía todas las papeletas a mi favor para que aquel hombre levantara el teléfono, llamara a seguridad y me echaran del despacho. Podría haberme inventado cualquier cosa, pero temía equivocarme. No sabía qué decir, ni la mejor forma de mentir. Estaba desbordado por la situación.

—¿Que no sabe qué es? —dijo sorprendido—. ¿Me toma el pelo? ¿Se da cuenta de lo que me está diciendo, caballero? ¡Santo cielo! ¡Ha salido de debajo de mi mesa y pretende que lo entienda!

—Oh, señor... —murmuré. Golpeé la mesa y me levanté desesperado y desbordado—. ¡Maldita sea, tenga un poco de fe! ¿No se da cuenta de que me estoy jugando el cuello al estar aquí? ¿Acaso no sabe que si alguien entra en este despacho y me ve puede llegar a

Pastrana? —Respiré una inmensa bocanada de aire y cerré los ojos—. Por el amor de Dios... La persona que me lo dio me dijo que nadie estaba limpio, que de la única persona que me debía fiar era de usted y comprendo que no sea muy lógico lo que le estoy planteando, ni siquiera ha sido lógico todo lo que he tenido que hacer hasta este mismo momento, sin embargo, esto es muy importante. Le aseguro que es vital para el caso que usted vea su contenido.

Jeremías Meza pestañeó confuso, pero era lógico, yo era consciente de ello y lo comprendía. Pude ver aún más marcado su cansancio, su rostro repleto de arrugas y, por un momento, su humanidad.

—Me dijo que debía dársela a usted hoy, en este preciso momento, porque, si lo hacía antes, si alguien lo veía, estaría todo perdido —proseguí—. Me dijo que usted era el único hombre bueno en todo este circo y que era del único de quien podía fiarme. Por todos los santos, llevo media hora debajo de esta maldita mesa como un imbécil y prefiero no contarle lo que he tenido que hacer para conseguir esa caja, así que, por favor —repetí entre dientes—, mírela.

—Cálmese. —Su voz sonó más tranquila. Miró hacia la puerta al oír movimiento por el pasillo, se levantó de la silla y se colocó su impoluta chaqueta gris para cerrar con llave mientras volvía sobre sus pasos y me hacía un rápido análisis.

—Le suplico que lo mire —insistí—. Por favor. Esa caja tiene lo que necesita para encerrar a Pastrana de por vida. Pero tiene que fiarse de mí.

Vaciló. Observó la caja con una expresión meditativa y luego me miró. Yo debía de dar la imagen de un reo pidiendo clemencia. Sentía las pulsaciones a doscientos y el aire, en aquella habitación, parecía cambiar de densidad a medida que los minutos pasaban.

—Señor... Ross —dijo entonces—, sí es cierto que cualquiera de mis funcionarios puede estar corrompido, pero todavía me queda gente con moral dentro de mi equipo. No le voy a decir que sea la gran mayoría, porque ni yo mismo lo sé, pero los hay. —Se levantó y se dirigió hacia el lado opuesto del despacho—. Tendrá que salir por aquí para que no lo vean, da a un pasillo muy estrecho. Siga hasta el fondo y coja el ascensor, le llevará directamente a la planta baja.

—Señor Meza, no puede verla nadie más que usted y el juez —le repetí—. Nadie, ¿me entiende?

—Espero que no sea una broma de mal gusto, hijo. Váyase, por favor, no quiero que lo encuentren en mi despacho, y menos ahora. En cuanto salga por esa puerta, volveré a abrir la principal. Veré lo que hay en esa caja y, por su bien, espero que no me esté tomando el pelo. Me encuentro en una situación muy delicada, como usted mismo habrá podido escuchar en las noticias, y solo un milagro podría mejorar esta situación.

Le di las gracias bordeando la mesa y dirigiéndome hacia donde él me señalaba.

—No se arrepentirá —afirmé—. Gracias por su comprensión, señor Meza.

Salí abatido por la puerta de atrás, seguí por el pasillo, vi el ascensor y descendí a la planta baja. Allí me topé de frente con una algarabía de periodistas que, a través de las amplias cristaleras y desde fuera, hacían saltar sus cámaras como locos. Un funcionario me bloqueó el paso cuando salí al *hall*.

—¿Qué hace usted aquí?

—Me perdí —le respondí agotado—. Venía a por una partida de nacimiento y me equivoqué de pasillo.

—Salga. Aquí no puede haber nadie. —Señaló la puerta de doble hoja y atravesé el arco de control, sin mirar atrás, hasta que me vi en la calle atravesando el tumulto.

Había una congregación de feministas con pancartas en un extremo y varios grupos aislados de personas detrás de las vallas de protección. Policías uniformados controlaban el perímetro y la multitud. Metí las manos en los bolsillos y me di cuenta de que me había dejado el maletín en el despacho del fiscal, pero me dio igual. Saqué el móvil, lo encendí y llamé a Álex. Desde el otro lado de la calle, todo parecía más caótico. Pastrana estaba a punto de llegar en un furgón policial custodiado. La prensa se apelotonaba por todo el frontal del edificio acristalado y cada vez llegaba más gente para recibir a aquel hombre. Me senté en un banco de madera. Álex no tardó en aparecer por la esquina dando amplias zancadas y claramente alterado y nervioso. Le sonreí, al menos la mueca de mi cara tenía ese fin. Se sentó a mi lado y pareció apaciguarse.

—Ya está —murmuré—. Ya tiene la caja.

—¿Y ahora qué?

—Sea lo que sea, lo sabremos. Ahora solo quiero irme a casa. Llévame, por favor, estoy agotado. Necesito tomarme una copa y dormir.

Algo me zarandeó con tanta intensidad que a punto estuvo de tirarme del sofá. Abrí los ojos intentando adaptarme a la luz y vi a Álex con gesto desencajado inclinado sobre mí.

—¡Vamos, levántate! —exclamó.

Me incorporé torpemente. La copa de coñac estaba sobre la mesa de centro. Apenas un par de tragos y me había dormido del agotamiento.

—¡Corre, tienes que ver esto!

Cogió el mando del televisor y buscó ansioso por los canales. Eran las ocho de la tarde. ¡Por Dios, había dormido como un oso!

—Es increíble, Samuel. ¡Increíble!

La imagen era desconcertante. Cientos de personas gritaban y silbaban desaforadamente al paso del camión policial. Pastrana salía del juzgado esposado y varios policías protegían su integridad para subirlo de nuevo al vehículo. Llevaba un traje gris perla y una corbata cobalto. Su expresión era desoladora. Un periodista interrumpió la imagen desde uno de los extremos del edificio:

—Como les informamos hace un momento, el juez encargado del caso ha decidido suspender el juicio del empresario Markus Pastrana a la vista de nuevas pruebas, de las cuales no tenemos ningún dato.

Di un trago al coñac y vi cómo una masa de personas empujaba al reportero, que a duras penas podía proseguir con la noticia. Miré a Álex. Todavía no era muy consciente de todo y me rasqué la cabeza.

—¿Viste la caja cuando estabas con Meza?

—No —cogí el mando y cambié de canal—. Él estaba igual de preocupado porque me vieran allí que yo, hizo que saliera del despacho por la puerta de atrás.

—¿No has visto nada desde que te dejé aquí roncando por la mañana?

Fruncí el ceño y lo observé. Detecté de inmediato esa exaltación tan típica en él cuando estaba a punto de decirme algo demasiado importante como para aguantarse más.

—¡Joder, Samuel, han conseguido la orden, están barriendo la casa de Pastrana! Sea lo que sea lo que le diste, no ha tardado ni dos horas en conseguir la orden de registro de todas las propiedades de ese tío. Han detenido a todos los matones que había dentro y se comenta que han incautado documentación del ala norte de la casa como para hacer una hoguera de doce metros de altura. ¡Esto es increíble! ¡Increíble!

Me quedé estupefacto y acabé de despertar. Álex se levantó y llamó por teléfono.

—Tengo hambre, me apetece *pizza*. ¿De qué la quieres?

—Tres quesos.

Volví a coger el mando del televisor y fui cambiando de canal aleatoriamente. Todo era caótico otra vez. Varios furgones de la policía rodeaban la finca Pastrana, decenas de personas salían con torres de cajas apiladas y llenas de papeles y documentos.

—¿Te das cuenta de lo que has hecho? —inquirió colgando.

—*Hemos* hecho.

Una excavadora entraba en la finca y un periodista informaba de todos los movimientos puntualmente, pero tampoco decía nada claro, pues parecía estar todo bajo secreto de sumario. La máquina avanzó perezosa por la carretera de cemento al tiempo que dos vehículos más descendían en dirección contraria hacia la puerta, justo al lado de la garita de control. Había tres agentes de paisano con chalecos reflectantes custodiando la verja de la entrada y dos coches más a ambos lados.

—Esto es algo gordo. Esa chica tenía algo gordo. ¡Muy gordo!

Mientras comíamos e intentábamos seguir las noticias en torno al caso, sonó la puerta. Por un momento sentí una presión en el pecho y el corazón me empezó a bombear como loco. Creí que Salomé aparecería tras ella, con su pañuelo en el cuello y su falda vaporosa. Deseaba con toda mi alma volver a verla... Pero fue Jeremías Meza quien apareció ante mis ojos y quedé descolocado.

—Señor Ross... —saludó con su voz ronca haciendo una leve inclinación con la cabeza. Luego se quitó los guantes y me tendió la mano.

—¿Cómo sabe dónde vivo? —pregunté limpiándome los restos de *pizza* de la mano.

—Me subestima, caballero, y, además, usted no es del todo anónimo en esta ciudad —contestó sonriendo amablemente—. ¿Puedo pasar? Tenemos que hablar.

—Claro.

Pasó al interior, colgó su abrigo en el perchero de la entrada y le indiqué el camino hacia el salón. Álex, que en ese momento tenía la boca llena de *pizza*, se levantó de un brinco y le tendió la mano con la misma torpeza que yo.

—Voy a por unas cervezas al bar que hay al final de la calle. Vuelvo dentro de un rato. —Yo asentí. Mi amigo sabía siempre cuándo era el momento de abandonar el barco y no lo dudó.

Nos quedamos solos en el salón. Le puse una copa de coñac y Meza se acomodó en la butaca más próxima a la puerta. Ni siquiera me había dado cuenta de que traía en la mano mi maletín.

—Se dejó esto en mi despacho —dijo—. Verá, señor Ross, lo que me ha entregado hoy ha sido, como ha podido ver en las noticias, lo que necesitaba para conseguir lo que llevo años buscando. Pastrana lo tiene muy difícil. Me gustaría saber quién le entregó esa caja. Los originales están a buen recaudo, pero le traigo unas fotocopias que creí que le podían interesar. No creo que esté de más recordarles que lo que les voy a enseñar es confidencial.

—¿Qué había dentro?

—Pruebas suficientes de sus delitos. —Me miró con melancolía y sacó del bolsillo de su chaqueta un montón de papeles.

Una serie de fotografías me perforaron la cabeza. Mujeres, más bien niñas, encadenadas a camas, golpeadas, violadas y retratadas en su agonía. En dos de ellas salía Markus, sonreía mientras sujetaba sus caras y las hacía mirar al objetivo. Examiné las imágenes varias veces y luego las deposité sobre la mesa.

—Lo sé. Es inhumano —dijo Meza—. Algunas no tenían ni los quince años. Hemos identificado a María López y Ana Botas en esas imágenes, las están buscando ahora. De momento, en el sótano de la casa de Pastrana, han encontrado restos humanos que habrá que identificar. Esas muchachas llevaban tiempo desaparecidas y creo, muy a mi pesar, que parte de dichos restos son de esas pobres chicas. Los perros están haciendo su trabajo con mucha rapidez, es sencillo detectar ciertos rastros cuando no se entierra con la suficiente profundidad a una persona... Supongo que Pastrana no se habría imaginado que encontraríamos esos zulos y mucho menos que lográramos esa orden de registro.

Pensé en Lía Robinson, en Salomé, en la historia que me contó y en sus marcas. Sentí una necesidad casi dolorosa de tenerla entre mis brazos, de abrazarla con fuerza y decirle que lo había conseguido y que por fin aquel hombre moriría entre rejas.

—Señor Ross —prosiguió—, no es solo eso lo que se ha encontrado en la casa, hay mucho más. Ese hombre y toda su prole de sicarios están condenados y todo ha sido gracias a usted. Dudo mucho que, con todo lo que en estos momentos estamos recopilando, vuelva a ver la luz del sol. La violación y el asesinato de menores acarrean penas implacables. Incluso en la cárcel su dinero no le servirá de nada y será difícil protegerle.

—¿Y su mujer? —pregunté.

—Esa pobre mujer fue atendida por los servicios sanitarios. No sabía nada, lo intuía, pero vivía con miedo. Ahora mismo está en el hospital, supongo que su hijo volverá del extranjero. Creo que habrá que ingresarla en un centro si no se ha vuelto loca ya. Vengo a darle las gracias en persona y sobre todo a hacerle partícipe de lo que me dio. En realidad no es importante quién se lo ha entregado, era mera curiosidad. No tiene por qué decírmelo.

—Salomé... —murmuré y se me quebró la voz—. Salomé Acosta...

Meza frunció el ceño y sacó un disco del bolsillo interior de la chaqueta.

—Está bien, señor Ross, no me importa quién se lo dio. ¿Puedo poner esto en su reproductor?

—Por supuesto.

«¡Oh, Salomé, por fin lo has conseguido!».

—Le aviso de la dureza de las imágenes. En la fiscalía todavía estamos impactados. Si le enseño todo esto es porque considero de suma importancia que sea usted quien documente el caso cuando todo finalice; es lo mínimo que puedo darle después de todo lo que ha hecho. —Lo miré extrañado—. No me mire así, he investigado un poco quién es y su trabajo es realmente impresionante. No me malinterprete, de algún modo quería saber quién era la persona que había salido de debajo de la mesa de mi despacho.

Me acomodé nervioso. El fiscal introdujo el disco en el reproductor, dejó la cajita sobre la mesa y retrocedió torpemente para volver a sentarse. Se me cayó el alma al suelo nada más ver la primera imagen.

—La cinta venía rotulada por fuera de puño y letra del señor Pastrana —dijo Meza acomodándose—. Lo llamó «Obra maestra». Es... —murmuró— desolador.

No se puede sentir mayor dolor que el que yo pasé en ese momento. Hoy por hoy creo que todavía me duelen aquellas imágenes. Mi preciosa Salomé aparecía encadenada a una cama de hierro. Tenía el vestido salmón desgarrado, los tirantes colgaban andrajosos por sus brazos y, por todos ellos, marcas de golpes se distribuían sin orden coloreando de horror su preciosa piel dorada. Estaba sentada en el suelo y una luz enfocaba directamente su cara. ¡Oh, Señor! Todo el horror que durante horas me había narrado ahora podía verlo con mis propios ojos. Me sangró el alma cuando alguien tiró de la cadena y la arrastró brutalmente por el suelo.

—Ese es Coelho, el otro socio de Pastrana —apostilló Meza—. Al fondo podrá divisar a Pastrana y Cabero, el tercero en discordia.

—Sí —dije—, me hago una idea...

Pasó la imagen hacia delante. Se lo agradecí en el alma; si veía cada detalle de aquel infierno, iba a volverme loco. Fue en ese mismo instante cuando Álex entró en la habitación y se quedó plantado en mitad del salón con las cervezas en la mano.

—Tranquilo —le dije a Meza—. Es de confianza. Es mi abogado y sabe del asunto tanto como yo. Él me ayudó en esto.

El televisor proyectaba ahora la imagen de Salomé colgando de aquel terrible gancho. Su preciosa espalda estaba llena de aquellas espeluznantes marcas que yo mismo había visto en mi cuarto de baño, solo que ahora brillaban con más intensidad, eran más reales, más recientes y desagradables. Sentí las risas de aquellos hombres cuando un siseo cortó el aire y se precipitó sobre ella algo elástico que le rasgó parte de la poca tela que le quedaba. Pero Salomé ya no lloraba. Como bien había dicho ella, en aquel momento se había rendido a lo evidente. Pasaron muchas cosas por mi cabeza mientras veía a Salomé con los ojos entornados y las mejillas húmedas, entregándose a la voluntad de aquellos verdugos que la tenían presa. Sentí un desprecio cerril e indómito por mi propio género cuando le arrancaron la poca ropa que aún llevaba y la descolgaron de aquel metal chirriante para lanzarla por los suelos sin ningún tipo de compasión o piedad. Ella apenas podía moverse. Pastrana la arrastraba por un brazo hacia la sucia cama desvencijada. Cuando se precipitó sobre ella, fui incapaz de continuar mirando y volví la cabeza hacia la ventana.

—Señor Ross, pasaré al final de la cinta para ahorrarle estos momentos. Quiero que vea la prueba absoluta que nos permitió entrar en su casa.

Aquello me dejó descolocado. Me giré nervioso, miré a mi amigo, que permanecía inmóvil, y sentí que el mundo y todo lo que me rodeaba desaparecía en torno a mí. Markus Pastrana ahogaba a Salomé y ella pataleaba como loca. Sus dedos se clavaban en su garganta y, mientras intentaba liberarse de aquella bestia horrible, él se reía y disfrutaba como un perro en celo. Sus preciosos ojos marrones, que a veces eran verdes esmeralda, se quedaron inmóviles. Sus brazos cayeron sobre la carcomida cama, inertes, y Pastrana se apartó de ella lentamente con un gesto triunfal. La imagen se quedó fija en ella, en su boca entreabierta, en la dulzura de sus mejillas enrojecidas por los golpes. Aquel cabrón enfermo disfrutaba con su acto y lo guardaba como un trofeo bajo las risas de sus socios.

—Ella se recuperó —musité angustiado.

Meza apagó el televisor y me miró confuso.

—No le entiendo.

—Cuando hablen con ella —proseguí con dificultad—, cuando localicen a Salomé, testificará.

—Eso es imposible, señor Ross. ¿No lo ha visto? Salomé Acosta fue asesinada por Markus Pastrana.

A pesar del impacto que tuvieron sus palabras en lo más hondo de mi cerebro, yo no dejaba de dar vueltas a las imágenes que había visto.

—No sabe lo que está diciendo —susurré. Miré a Álex y encendí un cigarro—. Salomé sobrevivió a ese loco desequilibrado. Estoy seguro de que, cuando puedan hablar con ella...

—Señor Ross —prosiguió Meza—, una de las víctimas de Pastrana y sus socios fue la joven Salomé Acosta. Los primeros restos encontrados han sido los suyos. La joven cayó de un caballo siendo cría y tenía unos tornillos dentro de su brazo que nos han ayudado a su identificación, independientemente de los objetos personales que encontramos en distintas habitaciones del sótano y el ataque de sinceridad repentino que uno de sus hombres ha tenido cuando hallamos todos esos restos hace unas horas. Esas galerías son como un cementerio de elefantes. Yo mismo vengo de allí. Es horrible.

—Eso no es posible —musité, moví la cabeza y di una calada al cigarro apresuradamente—. No, no es posible.

Meza continuó:

—Pastrana guardó todas sus cosas en un armario del sótano. Parece que la chica era novia de su hijo e intentó que todos pensaran que se había ido y lo había abandonado. Fue lo primero que encontramos. En la caja también había una llave que abría el armario blindado, donde había un plano de las instalaciones subterráneas y una descripción detallada de dónde podríamos encontrar todas las cintas de sus juegos con las muchachas que secuestraban. Aquello es un laberinto, señor Ross, con habitaciones repletas de horrores. Hay falsas puertas, entradas ocultas detrás de armarios... Llevamos todo el día en la casa y aún tenemos trabajo para varias semanas, sin contar con los meses que nos llevará analizar toda la documentación. No puede hacerse a la idea de todo lo que estamos sacando de allí, y todo gracias a usted.

Meza se levantó, me dio la mano con firmeza y luego se dirigió a Álex, que parecía la caricatura del fantasma de Canterville. Le palmoteó la espalda y se volvió hacia ambos.

—No quiero molestarlos más —dijo—. Les agradezco todo lo que han hecho y por supuesto les tendré informados personalmente del avance del caso. Sé de su trayectoria profesional y no dudaré en cooperar con usted. Tendrá toda la información, señor Ross.

—Le acompaño —dijo Álex con un leve hilo de voz.

—Gracias por todo lo que ha hecho, señor Ross —repitió—. Entiendo su consternación. Ese hombre es un monstruo, siempre creyó que su dinero le protegería de sus actos, pero esta vez de nada le servirá.

Volvió a hacer una leve inclinación con la cabeza, se dirigió hacia le entrada, cogió su abrigo y se fue. Álex no tardó en volver al salón y, sin decir una sola palabra, se dejó caer sobre la butaca encogiéndose de hombros.

—No puede ser, Álex, esto no tiene ningún sentido. Tenemos las cintas, ella... Tú la viste... No me estoy volviendo loco... No... No puede ser real, tiene que ser un error, una jodida casualidad. ¿Cuántas chicas se caen de un caballo? Esos análisis son *in situ*, todavía quedan las pruebas del laboratorio. Son suposiciones, a saber qué dijo ese gorila. Esto no tiene sentido, no tiene ningún sentido. Es un error.

Álex se mantenía meditativo, probablemente tan desconcertado como yo. Se inclinó hacia delante y se sirvió una copa de coñac. Me miró consternado y entrecerró los ojos.

—No tengo una explicación lógica a nada. —Bebió, se recostó sobre el respaldo y sacudió la cabeza—. No sé qué decir. Soy católico porque así me lo impuso mi núcleo familiar, de ahí no pasan mis creencias, pero has... *hemos* visto el vídeo. ¡Es ella, Samuel! ¡Es ella!

—No está muerta. ¡No puede estar muerta!

Se hizo un silencio breve y al poco Álex suspiró.

—Quizá sea un malentendido. ¿Quién sabe? —murmuró él—. A lo mejor tienes razón, puede ser otra muchacha, sabemos que le robaron sus objetos personales cuando entraron en casa de Marisa. Ella ha podido utilizar esa confusión para pasar desapercibida. ¡¿Yo qué sé?! Tiene su lógica.

Salí de mi casa dejando a mi amigo divagando. Ni siquiera me preguntó adónde iba, supongo que sabía de sobra que iba a buscarla a ella. Todo aquello era irreal y me sentí protagonista de un cuento de terror de Dickens. Recé por el camino. Hacía muchos años que no rezaba. De niño solía acudir a misa los domingos con mis padres, pero con los años había dejado de hacerlo y de pedirle a Dios que me ayudara, porque nunca me había servido de nada. Aquella noche, sin embargo, recé: «Dios, ayúdame, esto es una locura. Señor, por favor».

Conduje hasta la casa, hasta sus verjas metálicas de aire gótico, sus enredaderas, sus amplias cristaleras. Por un momento me quedé contemplando aquel lugar tan vetusto, una casa demasiado moderna para ella.

Todo empezaba a cobrar sentido... Recordé el miedo a comer de Salomé, su melancolía, el cambio de color de su pelo, de sus ojos. Recorrí cada habitación polvorienta, cada recoveco de aquella casa que ella ansiaba convertir en un hogar con el amor de su vida, pero no la encontré. Subí a la primera planta. Todo estaba oscuro, lleno de sábanas que tapaban los muebles, los cuadros con marcos dorados apenas mantenían el color original, el polvo cubría sus brillantes detalles, las butacas de terciopelo rojo estaban enmohecidas y la chimenea, que noches atrás crepitaba bajo unas llamas brillantes y llenas de vida, se mantenía oscura, dormida. Me tambaleé al borde de la escalera y a punto estuve de caer por ella. Me aferré a la barandilla y descendí con torpeza. Nada. Nadie.

Volví a mi coche y conduje hacia ningún lugar. Frené delante de la iglesia de San Nicolás, donde solía acudir siendo niño, y me quedé observando su torre mudéjar. Miré su puerta, su dintel de granito y el relieve del santo. Entré en la capilla y me senté en uno de los bancos de madera. Fijé mi atención en la Inmaculada. Hacía años que no veía aquella imagen y me recordó a mi madre. Los arcos, la imagen en madera polícroma de la Dolorosa, los lienzos de la Virgen, los cuadros que ella solía explicarme y a lo cual no prestaba atención la mayoría de las veces. Cerré los ojos durante minutos que parecieron horas y recé. Vi la imagen de Salomé en la pantalla del televisor, su agonía, su lucha por sobrevivir y las risas de aquellos miserables acompañando su dolor y su sufrimiento.

Sus palabras cobraron sentido para mí en ese momento: «Amar su causa».

Salomé era un fantasma. ¿Acaso era posible? Me reí como un imbécil y mi risa retumbó en la capilla, estremeciéndome.

Estaba confundido y aterrado. Nada tenía sentido para mí en aquel momento, así que me incorporé, salí del edificio y volví a observar la torre que enmarcaba aquella maravillosa arquitectura en mitad de la ciudad.

Regresé a mi casa con la misma sensación de desolación. Álex me había dejado una nota en la puerta de la cocina: me llamaría el día siguiente. Se había bebido la botella de coñac entera y el vaso aún albergaba las últimas gotas de una noche demasiado extraña para ambos. Me quedé totalmente dormido después de darme una ducha de dos horas. Creo que lloré de los nervios, del maldito día de mierda que había pasado, del día anterior y de mi encuentro con Linda Pastrana. Lloré por Salomé. Sí, lloré por ella.

«Que Dios nos asista».

13

—*Despierta, Samuel. Hace frío en la calle. Todo está a punto de suceder.*

Abrí los ojos. Estaba de pie en lo alto de un bonito porche y miraba hacia la puerta de la entrada. Había una suave luz ambarina iluminando las pequeñas ventanitas acristaladas que rodeaban la puerta. Dentro, una amplia escalera. Sentí las rápidas pisadas sobre la tarima de madera. Me aparté de la puerta. Yo también lo sabía. Todo estaba a punto de suceder...

Ella salió de la casa dando un fuerte portazo mientras su madre parecía gritar dentro. Aquella situación ya empezaba a ser habitual. Siempre la misma cantinela, las mismas peleas desagradables que acababan del mismo modo: su madre repitiendo que era una desvergonzada y su padre advirtiéndole que, si salía por aquella puerta, se olvidara de recibir un solo euro para sus escapadas o sus caprichos. Lía Robinson estaba harta de todo, yo podía sentir lo que ella sentía, estaba harta de que la trataran como una niña de cinco años. ¿Qué pretendían, que se quedase en casa un viernes por la noche, que mejorara sus notas de la noche a la mañana, que vistiera con un poco más de recato, como una monja?

El deterioro de su relación en casa se había acelerado aquellos últimos meses y, en parte, comprendía a sus padres y su temor a que le ocurriera algo. Era normal que sintieran ese miedo cuando ella iba a algún lado o cuando deseaba salir de noche, como en aquel momento. Quizá tenía que ver con esas desapariciones de las cuales poco se sabía. Ella había escuchado lo que se decía en las clases, lo que los chicos contaban en los pasi-

llos. Poca información y todo muy difuso; chicas desaparecidas, dos de ellas hacía poco más de un mes. Todo lo demás estaba envuelto en un profundo velo de misterio, como si las autoridades no le dieran importancia o como si a nadie le interesara, o quizá no fuera del todo real. Pero ¿por qué tenía que pagar ella todo aquello? ¿Por qué pretendían encerrarla en casa? No era justo, como tampoco eran justas las críticas continuas de su madre hacia su forma de vestir o de comportarse tan poco elegante, al tiempo que se dedicaba a escuchar música o arreglarse o incluso a hablar por teléfono con Tania, su amiga. ¿También aquello era pecado?

—¡Por el amor de Dios! —gritó—. ¿Cuándo se van a dar cuenta de que necesito hacer mi vida? ¿Cuándo lo comprenderán? ¿Cuándo me van a dejar en paz?

—Tienen miedo por ti —murmuré muy cerca de ella. Sabía que no podía verme, que yo era como un espectro que no estaba allí—. Hace frío, Lía. Abróchate la chaqueta.

Se ajustó la cazadora. Hacía un frío de mil demonios y no tardarían en pasar a buscarla. Lo único que le alegraba en aquel momento era pensar que, en menos de veinte minutos, estaría tomándose una copa en el Boulevard, bajo el calor acogedor de sus amigos, la suave música incomprendida de Tapping The Vein o Korn, y la ínfima posibilidad de volver a verlo una vez más. Se rio para sus adentros. Eran pensamientos absurdos, tenía que reconocerlo, pero ahí estaban, en lo más profundo de su cabeza. Un pequeño secreto a voces que hacía que flotara cuando se imaginaba con él. ¡Si sus padres se enterasen de todo en lo que fantaseaba...! Los mataría de un infarto. Pero era tan mono..., tan terriblemente misterioso, tan osado y descarado... ¿Cómo se llamaba? Tania se lo había dicho la semana pasada cuando se toparon con ellos frente al mismo local: Arturo Coelho. Cerró los ojos e intentó visualizarlo en su cabeza por un momento. Indudablemente era el hombre más guapo que jamás había visto; sin contar, claro está, al intocable Pastrana. Pero Coelho no le sacaba tantos años como Pastrana,

Coelho era extrañamente más joven, o al menos esa era la sensación que tuvo el día que lo vio por primera vez de cerca, cuando le guiñó el ojo con aquel descaro y le rozó la mano con sus dedos en la barra. ¡Ah, qué sensación más electrizante había sentido! Coelho el misterioso. Coelho el insolente. Jamás había visto una mirada tan directa y penetrante. Ni siquiera la noche en que los chicos se habían puesto algo agresivos por las copas de más y habían roto aquel palo de billar cuando los dos hombres jugaban una partida. ¡Qué momento! Evocó el instante y sintió un cosquilleo irrefrenable por todo el cuerpo. ¡Era tan atrevido! ¡Tan maduro y serio!

—No era la primera vez que los veías —susurré mirando su juventud salvaje y sus ojos llenos de vida—. Por eso os fuisteis con ellos, ya los conocíais.

Me sonrió —o al menos esa fue la sensación que tuve, porque era consciente de que no me veía—, al tiempo que el sonido de un claxon nos hizo mirar hacia la avenida.

—¡Es hora de divertirnos! —exclamó.

«Dos rubias peligrosas en una camioneta roja». Un buen título para un libro. En ese momento yo estaba sentado en el asiento de atrás y la camioneta enfilaba atropelladamente en dirección a Tulane.

—¿Se puede saber en qué mundo paralelo estabas? —preguntó Tania con humor—. Si no toco el claxon estoy aquí hasta mañana.

Lía la besó en la mejilla y se abrochó el cinturón de seguridad.

—Vámonos ya de aquí. ¡Necesito una copa! —exclamó Lía.

—¿En qué piensas? —preguntó su amiga con un gesto de curiosidad tras unos segundos en silencio.

—He vuelto a discutir con mis padres. Esto no tiene fin. Nunca cambiarán las cosas.

Tania soltó una risa incontrolable y se apartó el pelo por detrás de las orejas. Era como una pequeña vikinga con botas de cowboy aferrada a un volante.

—La zorra de mi madre también me ha montado el numerito por teléfono. Dice que no deberíamos salir de noche con todo lo que está pasando. Estoy harta de estas tonterías. ¿Traes maquillaje? Me gustaría retocarme un poco antes de llegar.

Lía miró por la ventana y asintió con la cabeza.

—Que sí. ¡Mira, allí hay un sitio!

—A mí no me parecen peligrosos —dijo Tania con un gesto de desdén—. Es la envidia; cuando uno tiene mucho dinero, se convierte en el enemigo público número uno y todo lo que tiene se debe a una mala vida. Estoy segura de que todas esas chicas que han intentado aprovecharse de ellos han mentido por despecho. ¡Guau! Mira el local. ¡Está abarrotado!

La camioneta frenó en seco y Tania hizo una cabriola para aparcar en batería. Las dos muchachas salieron casi al galope y se perdieron entre el tumulto de gente que esperaba en la entrada. Me llevé las manos a la cara y medité unos segundos.

—Por el amor de Dios... ¿Y ahora qué?

—Está a punto de suceder —dijo la voz—. No es tu guerra, Samuel. Solo observa.

Salomé...

Abrí de nuevo los ojos. Estaba en mitad de un local inmenso abarrotado de gente que bailaba desordenadamente al compás de una música estridente. Los de Lía Robinson me habían abandonado. Vi a Coelho en el otro lado de la pista. Avanzó hacia mí como gravitando, con pasos ligeros pero contundentes, embutido en un pantalón negro brillante y una camisa a juego que parecía flotar cuando andaba. Su pelo era como una algarabía de culebras que serpenteaba sobre su frente mientras se aproximaba cada vez más a mí y me atravesaba hasta llegar a las dos jóvenes que esperaban en una mesa. Sentí que todo aquel lugar daba vueltas y me giré desorientado hacia el otro lado. Miré hacia lo alto, la segunda planta: Pastrana estaba apoyado en la barandilla que rodeaba parte de aquel local y observaba furtivamente a su socio mientras sujetaba un vaso de cristal haciendo girar su contenido. Dirigió la vista hacia mi lado derecho y sonrió a un hombre de pelo rubio vestido de traje: era Cabero.

—Él era el cebo, ¿verdad? Porque era más joven y todo es más fácil cuando se trata de niñas. Malditos hijos de puta enfermos.

«Venid conmigo», sonó en mi mente. Miré a ambos lados intentando encontrar el foco de aquella voz que tan claramente había escuchado en algún lado. Todo el local seguía ajeno a lo que estaba pasando. Coelho alzó el brazo como si fuera un caballero elegante y se inclinó hacia las dos chicas. Lía apretó la mano de su amiga con fuerza. Parecía temblar, estaba nerviosa y excitada, y él esperaba.

—Tenemos que ir —murmuró Tania ansiosa.

Ambas bajaron de sus taburetes y avanzaron hacia él.

—¡No! —grité corriendo hacia ellos, pero alguien me cogió por los hombros y me tapó los ojos con los manos.

—No, Samuel, no puedes intervenir. Es imposible que te vean. Estás soñando. —La voz de Salomé me contrajo el corazón y deseé besarla—. Cuenta hasta diez y yo me esconderé.

—Un, dos, tres, cuatro, cinco, seis... ¡Diez! —Abrí los ojos.

Ella abrió los ojos. Una sensación de vértigo se apoderó de Lía. El bar de Tudale había desaparecido y recordaba a duras penas cómo había llegado allí. Le dolía la cabeza terriblemente, era como si en cualquier momento fuera a estallarle en mil pedazos. Otra vez sus pensamientos en mi mente, otra vez percibía todo lo que ella sentía en aquel instante. Vislumbró un enorme ventilador girando perezosamente sobre ella. ¿Qué había pasado? Coelho y sus amigos le habían dado un par de copas en la limusina con un sabor extraño aunque delicioso, seguramente uno de esos licores que solo los tipos como ellos bebían. Rememoró a duras penas las últimas horas en el local, las bonitas chicas bailando con sus ropas diminutas, Coelho hablando suavemente con ella junto a su mesa, la alegría... ¿Y Tania? No lo sabía. Hizo un esfuerzo sobrehumano para incorporarse y examinó la habitación donde se encontraba. La cama era inmensa, con pilares de madera en el piecero que se retorcían como serpientes. Algo ostentoso pero elegante. Un amplio ventanal con contraventanas ligeramente abiertas le permitía ver que todavía era de noche e intentó ponerse en pie, pero le fue imposible. El mareo volvió devastadoramente y cayó hacia atrás con la extraña sensación de que se balanceaba. Apartó las sábanas. Alguien le había quitado la ropa que llevaba puesta aquella noche y la había sustituido por un pequeño camisón blanco excesivamente corto. Sintió vergüenza. ¿Dónde estaba? ¿Dónde estaba Tania? Oyó pasos y la puerta abrirse. Ni siquiera fue capaz de distinguir la figura que avanzaba por la habitación con pasos silenciosos.

—Siente lo que ella sintió. Vive lo que ella vivió.

Coelho...

—Bebe esto —le susurró al oído mientras levantaba su cabeza y acercaba a sus labios el borde de una copa de cristal—. Has bebido un poquito más de la cuenta, esto te hará bien.

¡Qué bonito cabello! ¡Qué ojos más azules!

Coelho sonrió. Ella se bebió todo el contenido de la copa y volvió a caer hacia atrás en un estado de sopor agradable.

—¿Y mi amiga? —logró decir con apenas un hilo de voz.

—¿Y mi amiga? —pregunté al mismo tiempo mientras la imagen de ambos parecía vacilar.

—Está durmiendo, bonita. Ahora debes relajarte. Debes dejar que todo fluya.

Lía rio suavemente. ¿La habían drogado? Aquello era maravilloso. Sentía su cuerpo vibrar desde la cabeza hasta los dedos de los pies. ¡Era tan agradable, tan excitante lo que sentía!

Yo me tambaleé. Experimentaba el mismo placer que ella estaba sintiendo. La habitación daba vueltas y caí sobre la alfombra como un borracho.

—Sí, esto me gusta —susurramos los dos a la vez.

El rostro de Coelho se difuminó delante de ella. Estaba de pie ante la cama y apoyaba las manos en los pilares mientras la contemplaba. Luego el rostro se situó delante de su cara y Lía tuvo la chocante sensación de que flotaba sobre ella.

—Hola.

—Hola, niña pura. —Su voz era como un poema—. Ha llegado el momento.

No entendió lo que quiso decir. Su mente le jugaba malas pasadas, sentía una debilidad agradable, pequeñas descargas de placer que surgían de la nada y se desplazaban por sus caderas y su espalda. Creyó oír su propia voz, un leve jadeo y los dedos largos de Coelho acariciando su mejilla. Oyó pasos en la habitación y sintió miedo. Varias figuras ataviadas de negro con la cara borrosa entraron en la habitación y se dirigieron a ella. Lía rio. ¡Era todo tan dramático! ¿Quiénes eran todos aquellos hombres? ¿Qué le habían dado de beber?

—¿Lo sientes, Lía? —La boca de Coelho rozó su oreja y sintió placer—. ¿Sientes ese deseo? Crecerá. Ahora debes hacer lo que te diga. Tienes que obedecerme. No tengas miedo.

Lía asintió retorciéndose sobre las sábanas. Su cuerpo era ligero, estaba caliente, deseaba terriblemente que él la tocara, la besara y la hiciera suya. ¿Quiénes eran esos dos hombres? Notó que alguien levantaba su delgado cuerpo de la cama y la transportaban en brazos hacia algún lugar. Podía ver la alfombra burdeos bajo los zapatos lustrosos y brillantes de aquel hombre que la sostenía como si fuera una fina hoja de papel ingrávida. Miró a un lado y otro. En aquel momento fue consciente de que algo no iba bien, sin embargo, su cuerpo no le respondía, su mente traza-

ba finos filamentos de realidad, era como si todo lo que veía y sentía fuera parte de un sueño y no tuviera control alguno sobre él. Ya no tenía miedo. La llevaban a algún lugar frío y oscuro.

—Obedece, Lía.

Su voz... Su denodada voz le golpeó el corazón y percibió su aroma sobre ella. ¿Pero qué era lo que decía? ¿Por qué no comprendía sus palabras? ¿Era esa la voz de Tania más allá de la casa, de sus paredes y sus puertas? Unas manos le sujetaron los brazos por encima de la cabeza y los anclaron a algo que le impidió moverlos. El fragor de las voces y las risas cada vez era más intenso, más penetrante, aunque apenas le importaba. Su cuerpo no le pertenecía, sentía un calor agradable que ni siquiera mitigaban las pequeñas ráfagas de viento que a veces le golpeaban la cara. Coelho volvía a flotar sobre ella. Estaba muy cerca de su rostro y observaba sus ojos, sus mejillas y sus labios con cierta curiosidad.

—¿Dónde estoy?

Una punzada de dolor le atravesó la columna y sintió náuseas. ¿Qué estaba pasando? ¿Qué era todo aquello? ¿Qué ocurría?

«Siento un horrible dolor, un dolor que sube por mis piernas, que penetra por mi espalda y me perfora la sien».

Oí un grito de mujer al otro lado del pasillo y trastabillé hacia la puerta. Hacía frío.

—Pasará.

Otra vez aquel dolor extenuante. Pasó como un relámpago por todo su cuerpo y se perdió más allá de su columna y su cerebro para transformarse en una leve sensación de placer. Yo me retorcí al mismo tiempo que lo hacía ella. Cerró los ojos y al abrirlos todo volvía a dar vueltas sobre ella. El rostro de Coelho parecía distorsionado. Sus ojos eran rojos y su voz parecía diferente, eléctrica.

—Sangre... Todo es sangre... Mis piernas... Mis brazos... —dijimos los dos a la vez.

«¡He soñado con la muerte tantas veces!».

Se sumió en un profundo sueño. El dolor era tan intenso que debilitaba su cuerpo y sus sentidos. Oyó a Coelho y varias voces más segundos antes de perder el conocimiento.

—¡No le hagáis daño, malditos hijos de puta! —grité, pero nadie me oyó.

—Samuel...

14

La tenue luz de la lamparita de la mesita hizo que frunciera el ceño. Me incorporé en la cama gritando el nombre de Lía. Estaba empapado en sudor y tenía las mejillas hinchadas. Había llorado. Miré el reloj: las cinco de la mañana. Todo el cuerpo me temblaba y un suave aleteo lejano hizo que mirara al techo. Me puse mis zapatillas, la bata y descendí las escaleras. Abrí la nevera, devoré los restos de pavo que tenía en un plato del día anterior y bebí de la botella de leche directamente. De pronto mi cabeza se llenó de aquellas imágenes distorsionadas de una película macabra. Me incliné hacia delante y sentí que el estómago se me contraía. Experimenté una intensa sensación de ahogo. Todavía sentía el sonido de las risas de aquellos hombres, el dolor que Lía había sufrido aquella noche, todo lo que cada una de ellas había pensado, había sufrido.

«¡Santo cielo!, ¿qué hicieron con ellas? —balbucí apoyando las manos sobre la encimera de la mesa—. Señor...».

Oí el televisor más allá del pasillo y a punto estuve de tirar la botella al suelo. Me asomé a la puerta, la tenue luz de la pantalla iluminaba fantasmagóricamente el salón.

—¿Te gusta, zorra? —Era Pastrana. El disco de Meza.

Tragué con torpeza, me limpié la boca y avancé hacia el sonido. Salomé estaba sentada en la butaca de piel, la misma butaca que durante horas había sido testigo de su historia frente a mí. Me quedé plantado en mitad de la puerta con los brazos inertes y la mirada fija en ella. Tenía los zapatos en el suelo, las piernas flexionadas de lado y su falda vaporosa dejaba entrever sus preciosas rodillas. Ladeó la cara y me sonrió.

«¡Oh, mi preciosa princesa de mármol y cristal! ¿Qué te habían hecho?».

Ella comenzó a hablar sin tan siquiera mirarme.

—Fue horrible, aún más de lo que tú has podido experimentar. Enseñarte lo que hicieron con Tania hubiera sido terrible hasta para ti.

Di dos pasos al frente y, sin dejar de mirarla, me senté delante de ella y suspiré. Salomé alargó el brazo, apuntó con el mando a la pantalla y paralizó la imagen de sí misma de rodillas en el suelo.

—Esos sueños... Los pájaros volando, las chicas...Todo lo que he visto... Siempre fuiste tú.

Ella afirmó lentamente.

—Tómalo como un regalo. Por primera vez has experimentado en primera persona lo que una víctima ha vivido y ha sentido. Es un privilegio. Y tú te lo mereces todo aunque no me atreva a más. Te has asomado a su tragedia. Todas esas sensaciones te acompañarán el resto de tu vida e influirán en tu trabajo. Te harán... más humano.

—Pero me faltas tú.

Salomé suspiró.

—No fui consciente de nada hasta pasado un tiempo —dijo y me miró con tristeza y amargura. Percibí el agradecimiento en sus ojos—. Gracias, Samuel. Gracias. Sabía que tú eras el único hombre que podía ayudarme.

—Me tuteas, por fin. —Se me saltaban las lágrimas pero sonreí—. Me tuteas.

Me sonrió y se pasó el cabello por detrás de las orejas. ¡Estaba tan bonita, tan llena de vida! Y sin embargo...

—Te contaré el resto de la historia, Samuel. Tus vacíos, los mismos que yo tuve cuando me encontré en aquella habitación liberada, con la puerta abierta invitándome a salir de aquel infierno.

Una vez más alargó el brazo, cogió mi paquete de tabaco y encendió un cigarro. La miré con curiosidad, ella me sonrió de nuevo y se inclinó en la butaca aspirando el humo. ¿Los fantasmas fumaban? ¡Qué diantres!

—¿Preparado, señor Ross?

—Ya sabes que no —contesté yo.

—No te mentí en ningún momento, Samuel. Cuando desperté, o mejor dicho, cuando creí despertar, y al verme liberada y la puerta abierta, las dudas me atormentaron. Sin embargo, ahí estaba, tenía frente a mí la libertad y nadie había para impedirme salir corriendo, al menos intentarlo. Subí las escaleras del sótano tratando de despejar mi mente mientras veía mis brazos marcados por los golpes y los numerosos cortes que aquellos hombres me habían ocasionado. En aquel momento apenas sentía dolor y eso me confundía, me abrumaba. Yo había pasado días enteros en aquella sucia habitación compadeciéndome de mí misma. Mi cuerpo había sucumbido a los calambres y el dolor de la espalda y la quemazón de las heridas abiertas se habían incrementado con el paso de los días y de las noches hasta resultar insoportables. Sin embargo, en aquel preciso instante, mientras pugnaba por salir de aquel agujero inmundo, no sentía nada y pensé que quizá todas aquellas heridas solo estaban adormecidas por el estado en el que me encontraba. ¡Era todo tan confuso! Pero llegué a lo alto de la escalera, a una serie de pasillos a derecha e izquierda que estaban algo más iluminados. Las paredes de cemento tenían pequeños apliques de luz, y al menos podía ver el suelo y parte de la galería sin temor a chocar contra algo, hacer ruido y que me descubrieran. En aquel momento lo único que me importaba era salir de aquel infierno, sentir el aire puro, la luz del sol. Mientras avanzaba por aquella galería, con todos mis sentidos en alerta, solo había un pensamiento golpeándome la cabeza insistentemente: Markus Pastrana aparecería en cualquier momento por uno de los lados del pasadizo y yo tendría que correr en la otra dirección hasta que volviera a atraparme para luego arrastrarme nuevamente a aquel agujero horrible. Por eso, cuando oí sus voces, sentí un pánico atenazador. Todo mi cuerpo se convulsionó. Di varios pasos atrás y, cuando estaba a punto de salir corriendo por donde había venido, la vi. Estaba de pie al final de aquel pasillo. Una chica de no más de veinte años con un vestido rosa que le llegaba por las rodillas. Tenía el cabello rubio lleno de tirabuzones que le caían por los hombros y estaba descalza.

»—Debes avanzar —me dijo, pero en ningún momento pude ver que moviera la boca para hablar conmigo—. No temas. Tienes que ver.

»En ese mismo momento, giró hacia la derecha y desapareció hacia el lugar de donde provenían las voces. A pesar de mi miedo y del terror que mi cuerpo sentía, algo hizo que la siguiera. Había una habitación iluminada y con la puerta abierta, y ella estaba esperando en el umbral hasta que llegué a su altura y entró.

»Coelho y Pastrana excavaban en el suelo mientras Cabero enfocaba con una luz intensa en dirección a ellos. El mundo y todo lo que hasta aquel momento tenía sentido para mí desapareció cuando vi mi cuerpo inerte a su lado. Vi mis ojos abiertos, faltos de vida, y sentí que una oscuridad horrible se apoderaba de mí. El terror me invadió, apoyé la espalda contra la pared y resbalé lentamente frente a la puerta, o al menos esa fue la sensación que tuve. Creo recordar que grité de pánico, pero, claro está, ellos no me oyeron. No existía, no para ellos. ¡Qué irónico! No existía, sin más. Me quedé allí observando cómo me enterraban, cómo hablaban entre ellos y organizaban mi desaparición, cómo pretendían recoger mis cosas en el piso de Marisa, contar a todos que me había ido, que había aceptado el soborno que me proponían.

»La cabeza me daba vueltas. Me toqué las sienes, me miré los brazos, las marcas habían desaparecido completamente. Mi pelo mugriento y sucio estaba limpio. No sé cuántas horas pasé allí sentada. Qué cómico, ¿verdad? Viendo mi propio entierro, siendo testigo de cómo aquellos miserables me hacían desaparecer definitivamente. Nadie me buscaría, ni siquiera el amor de mi vida sabría nunca que yo no le había abandonado. Lloré durante días, durante noches. Supliqué a Dios que me explicara por qué aún seguía aquí pero nadie me contestó, nadie se compadeció de mis lamentos. ¡Oh, Samuel! Se supone que cuando pasa algo así, alguien tiene que explicarte por qué. A lo largo de toda nuestra vida, de toda nuestra educación, nos enseñan que hay algo más y que, cuando llega ese momento, es dulce, agradable y siempre hay alguien esperándonos. Al menos esas eran las creencias que mis padres me inculcaron desde niña; esas eran las enseñanzas que nos hacían estudiar en el colegio. Yo había leído un libro muy interesante de un neurocirujano americano no hacía mucho tiempo en el que hablaba de su viaje al más allá mientras se encontraba en coma, pero, a diferencia de él, a mí ningún ser querido me había sonreído sobre una bonita ala de mariposa, no había caminado por lugares brillantes y llenos de luz, y mucho menos había sentido todo ese bienestar del que tantas veces había escuchado hablar.

»Vagué por las carreteras, por la finca Pastrana. Caminé por la ciudad sin que nadie fuera consciente de que yo estaba ahí y esperé fervientemente a que en algún momento un ángel o un demonio, me daba igual, apareciera y me dijera por qué seguía en este mundo. Al final, el único cobijo para mi alma era la casa que Tomás había comprado.

»Con el paso de los días, allí sola y desesperada, mi cuerpo, bueno, mi espíritu, comenzó a adquirir ciertas habilidades. Podía ir y venir a cualquier lugar con tan solo pensarlo. Simplemente cerraba los ojos, lo deseaba y me encontraba en mitad de la finca Pastrana para luego volver a mi casa en milésimas de segundo; sin embargo, a la vez que adquiría esas habilidades sentía la presencia de otras almas. Me atormentaban sus susurros, sus voces devoraban mis sentidos. A veces eran murmullos; otras, gritos. Y, cuando cesaban, me sentía agotada y aterrada por todo lo que emanaba en ese nuevo plano.

»Del mismo modo que conseguí controlar mis pequeños viajes, los cuales me dejaban agotada durante días, con el tiempo logré controlar aquellas voces. Solo tenía que gritar con fuerza que cesaran y aquellas almas, o lo que demonios fueran, se alejaban de mí aterradas por mis gritos. Supongo, Samuel, que somos demasiado ateos para creer que existe algo más allá de nuestra propia muerte. Supongo que todos tenemos niveles, que esas almas son seres descarnados que no conocen su función y por eso flotan angustiadas y enfadadas sobre nosotros, porque no saben cuál es su fin, no quieren irse, no quieren abandonar la vida que tenían y se enfadan y rabian por ver que el ser humano que vive aún posee lo que ellas veneran: la vida. Suposiciones, incluso para mí. Todo lo que me rodea sigue siendo un misterio. En aquel momento solo sabía que yo estaba ahí por alguna razón. Alguien allí arriba me había dejado en este mundo por algo y supe por qué el día que vi a uno de los socios de Pastrana paseando por la calle con su familia. Tenía que acabar con todos ellos. Tenía que hacerles pagar sus pecados. ¿Pero de qué forma? No lo sabía.

»El resto de los días en mi hogar esperé, como te dije, que Tomás pasara por la casa, pero no fue así. Mi amor había creído las mentiras de su padre. No le culpé. Mi teléfono móvil estaba desconectado y mis cosas, mis cuadros, mis libros, ya no estaban en la casa de Marisa.

Más tarde, descubrí otra de mis habilidades y supe que no fue así: Tomás sentía dentro de su corazón que algo horrible había ocurrido. Lo supe, Samuel, porque lo sentí en su alma, en su corazón, en sus ojos...

»Como te decía, durante mis largas horas de soledad en aquella casa, empecé a descubrir nuevas habilidades. Si me concentraba en una persona con intensidad, en los detalles de su rostro, sus ropas y mis recuerdos, podía viajar adonde ella estuviera. ¡Oh, Señor, qué feliz fui cuando pude ver a mi madre y a mi padre! Ellos dormían ajenos a mi condena. Mi padre tenía el rostro surcado por más arrugas. Mi madre, tan hermosa, tan buena, empezaba a tener finas hebras de pelo blanco en su precioso cabello. Aquella noche me acerqué a mi padre y le besé la frente. Fui al otro lado de la cama y acaricié la mejilla de mi madre. Les supliqué que me perdonaran por haberlos defraudado, por el sufrimiento que pronto tendrían que pasar y por primera vez me alegré y deseé que jamás encontraran mi cadáver. Entonces, Samuel, pensé en mi amor, mi príncipe de cuento. Me concentré, aún angustiada por la imagen de mi familia, y supliqué a Dios que pudiera verlo. Abrí los ojos y ahí estaba él. Ahí estaba el amor de mi vida, rodeado de pinceles, de mis cuadros, sentado frente a su lienzo, pintando mi imagen, en un precioso piso al otro lado del mundo y con el rostro plagado de tristeza, de dolor, de angustia. Samuel, sí existen los ángeles. Tomás era lo más parecido a ellos. Lo vi tan hermoso, tan perfecto que no me daba cuenta de que en aquel momento, en mi nueva condición, lo que más detectaba era la belleza del alma de cada una de las personas que observaba. Lloré en un rincón de aquella habitación durante horas, me acerqué a mi amor y rocé sus bucles. Creí sentir su tacto, la calidez de su mejilla. Me odié por momentos, no podía abrazarlo, no podía decirle que le quería con toda mi alma y que nunca le había abandonado. Me acerqué a su oído, supliqué a Dios que me escuchara y le dije que lo amaba, que siempre lo amaría. Él ladeó la cara y suspiró. Quizá, pensé, parte de mi mensaje había llegado a su cerebro.

»Volví a mi casa, a su casa. Estaba agotada y derrumbada. Mi alma apenas podía moverse, flotar. Porque flotaba, Samuel, los residuos de mi cuerpo todavía me decían que pisaba el suelo, pero realmente no era así. Ahora era un alma, era algo etéreo, algo que vivía ajeno al orden terrenal, con sus propias leyes, sus condiciones, sus propias reglas y sus limitaciones. Poco a poco seguí adquiriendo otras habilidades. Comencé a descubrir que, del mismo modo que veía la bondad y la belleza en las personas, también podía ver la parte contraria. Cuando me paseaba por los suburbios más peligrosos, las personas que me rodeaban eran negras. Sentía su maldad, sentía el odio que emanaba de sus almas, sus pecados y los delitos que habían cometido, las muertes que pesaban en su espalda. Eso me provocaba repulsión. Sentía ganas de vomitar, al menos era la sensación que me impregnaba. Cuanto más cerca estaba de ellas, más fuertes se hacían mis percepciones. También sentía el dolor, y el miedo que corría por sus torrentes sanguíneos, y la desesperación de las prostitutas por conseguir clientes porque al final del día tenían que dar de comer a sus hijos y aquella tarde apenas tenían trabajo. Todo era un torrente de sensaciones, de sentimientos y frustraciones, de dolor, de odio.

»Cuando volvía a casa, apenas me quedaban fuerzas para traspasar la puerta. Realmente no es que entrara, Samuel, simplemente deseaba estar allí y así pasaba. Durante días visité a mis padres cada noche. Visité a mi amor, visité a Marisa con sus prácticas de Medicina, tan ajena a toda mi desgracia como el resto, y pasé muchas noches observando a Pastrana, a Linda, a sus dos socios y, con ellos, sus vidas. Sin embargo, aunque el odio, el amor y todos mis sentimientos contradictorios se agolpaban en mi ser, no sabía cómo seguir, cómo avanzar. Si no podían verme, si no podían sentirme, ¿cómo vengarme? ¿Por qué seguía aquí? ¿Estaba acaso condenada a vagar eternamente con mi amargura?

»Una tarde, paseando por la calle, pude ver un documental a través de los cristales de una pequeña cafetería. Hablaban de Colombia, de sus selvas, de las tribus que aún en nuestro tiempo sobrevivían sin adelantos, con sus propios ritos y sus creencias, muy similares a las africanas. Entré en la cafetería y me quedé observando aquella inmensa pantalla de plasma. En ese momento hablaban de los curanderos que rezaban a sus dioses, siempre terrenales, ni buenos, ni malos, y a la vez ambos. Deseé estar allí, cerré los ojos y pensé: «Dios, llévame donde me entiendan, donde puedan ayudarme a evolucionar, te lo suplico. Ayúdame, Señor, ayúdame».

»Al abrir los ojos, me quedé patidifusa. Había un viejo decrépito con la cara pintada con puntos amarillos. Miré alrededor, el anciano se balanceaba mientras quemaba incienso. Detrás de él, un pequeño altar, unas figuritas extrañas que en mi vida había visto y un enorme techo de paja y madera sobre mi cabeza. Levantó la vista y clavó sus ojos en mí.

»—¡Oba! —gritó—. Acercaos, huellas sin pisadas, fuego sin leña, alimento de los vivos. ¡Necesito vuestra llama para cantar el exilio del Muntu!

»Estaba en Cuba, su acento era claro y determinante. El viejo me observó y meneó la mano con una especie de sonajero con cordones trenzados.

»—¿Me ves? —pregunté ansiosa—. ¿Puedes verme?

»—Puedo, Oba, diosa del río. Acércate, siéntate en mi altar. Te esperaba.

»—Dime —supliqué—. Dime qué hago aquí.

»—Todos me preguntáis lo mismo —musitó—. Pequeñas almas, arrancadas del cuerpo sin compasión. Ven, Oba —palmoteó el suelo—, siéntate aquí a mi lado. Puedes hacerlo, has viajado por deseo, por deseo todo puedes hacer. Ven, hija.

»Me senté a su lado, el olor a incienso me molestaba, pero poco a poco fue pasando a un segundo plano hasta que dejé de olerlo. El anciano, de piel tostada, debía tener más de setenta años. Depositó su sonajero a un lado y quemó más incienso sobre un pequeño receptáculo.

»—He tocado los tambores y los orichas me han contestado —prosiguió.

Una suave brisa inundó la estancia. Su pantalón de lino revoloteó. El anciano iba vestido de blanco, con una camisa con cordones trenzados. Varios colgantes decoraban su pecho y sus pies iban enfundados en unas sandalias de cuero. Le supliqué que me explicara qué hacía allí y quién me había hecho aquello. Le pregunté si existía Dios y si era él el responsable de aquello, pero el hombre se limitó a sonreír y comenzó a susurrar palabras extrañas que me enfurecieron.

»—Muchas preguntas, pequeña Oba. Has deseado venir aquí, llamada por mis tambores, por mis oraciones, y lo has conseguido. Yo puedo verte porque creo, porque tengo el don de los orichas, pero en tu mundo es distinto. Eres occidental, tu mundo occidental no cree, vive en un mundo de mentiras. No conoce el poder de los dioses que venera, solo suplica a Dios cuando no puede conseguir algo y culpa a sus demonios paganos de sus propios pecados. Yo puedo verte sin que lo desees, pero puedes mostrarte si es esa la opción que escoges.

»—¿Significa que si lo deseo me verán? —inquirí—. ¿Quién me ha dejado aquí? ¿Por qué yo estoy aquí y el resto de almas gritan?

»—No lo sé, pequeña Oba. Cada alma tiene una función, un camino, un castigo que pasar. Pero no es un castigo divino, nadie es castigado por sus pecados. Algunas almas están atormentadas por sus propios miedos, son ellas mismas las que desean vagar por este mundo agonizando; otras se pierden, no encuentran el camino. Tu fin solo tú lo sabes. Los orichas no me dicen esas cosas. Yo solo soy un trasmisor, un sirviente de los orichas. Desea, eres un alma, te has desprendido de tu envoltura. El cuerpo es una cárcel para nuestros potenciales espirituales. Desea, pequeña Oba, solo tienes que desear y concentrarte en tu don.

»El anciano azuzó el sonajero. Sentí una brisa que fue aumentando de intensidad. Sentí el olor a incienso, el sonido de unos tambores más allá de aquella choza. Me perforaban la cabeza. El olor se metía por mis fosas nasales y me resultaba nauseabundo. Volví a cerrar los ojos y grité que todo aquello parara. Cuando los volví a abrir, estaba en mi casa, en el pequeño salón de butacas de terciopelo. ¡No! ¡Quería volver a hablar con aquel anciano! Me concentré furiosamente pero estaba agotada. Me desplomé sobre la butaca, o esa fue mi sensación, y dormí. Sí, Samuel, dormí. Las almas también duermen, al menos sigo llamándolo así, aunque realmente creo que lo que hago es simplemente descansar. Me despertaron de mi letargo las voces agonizantes de mis almas, ya eran parte de mí. Sentí sus revoloteos alrededor. Moví la mano y las aparté como si tuviera una bandada de pájaros encima y me molestaran. Recordé las palabras del anciano, solo tenía que desearlo. Cerré los ojos, supliqué a Dios y le pedí con toda mi alma y con todas mis fuerzas que mis moléculas volvieran a mí. Me imaginé a mí misma vestida con mi falda salmón, mi blusa de botones dorados, mis eternos pañuelos al cuello que tanto me reconfortaban. Pensé en mi pelo, mis manos y aquellos preciosos zapatos color marrón que mi madre me había regalado en mi cumpleaños. Lo visualicé todo a la perfección y cuando abrí los ojos grité como loca. Sí, Samuel, era cierto, delante del espejo de mi salón veía mi imagen tal cual la había imaginado. Mis moléculas habían vuelto, me daban el cuerpo que deseaba y podía verme, podía tocarme, podía caminar, podía hacer retumbar la tarima de madera bajo mis tacones. ¡Era tan feliz! En ese mismo momento tenía claro cuál era mi fin. Ahora tenía los medios para ello. Del mismo modo que pude blandir un vaso de cristal, sabía que podría tocarlos a ellos; del mismo modo que lo lancé contra la pared, deseaba horriblemente hacer lo mismo con cada uno de los monstruos que tanto daño me habían hecho. Aunque me vi tentada a ir a ver a mi amor, después de mucho sopesarlo, me di cuenta de que solo le haría sufrir más. ¿Qué podía darle ya? Yo ya no existía, no del mismo modo que él. Ya no podría formar una familia a su lado, no podría pasar el resto de mi vida junto a él porque la vida que él tenía a mí me la habían arrebatado. Sentí tanto dolor, tanto amor como odio. ¡Oh, Samuel! Cuando llamé por teléfono a la tienda y comprendí todo aquello, cuando llamé a mi madre y oí su voz... Tenía que buscar una forma de acabar con aquellos indeseables y, como te dije en su momento, no me faltó tiempo para atravesar el mundo e impregnarme de todo tipo de conocimientos en las selvas más recónditas de Colombia. Allí aprendí a preparar todo tipo de venenos. Observaba sobre las cabezas de los hombres cómo ellos los hacían, luego me agenciaba de sus plantas para volver a mi casa con todo lo necesario para mi objetivo. ¿Recuerdas, Samuel, que te dije que me tomé mi tiempo? Pues esto que te narro fue lo que aconteció durante los años que pasé aprendiendo, que pasé evolucionando día tras día, noche tras noche. Lo que para mí eran horas, en este plano pueden ser días humanos. Todo es ambiguo, me resulta todavía difícil comprenderlo.

«Almas revoloteando. Una bandada de pájaros», pensé. Casi me reí.

»Maté al primer socio de Pastrana mientras dormía. Mientras su mujer soñaba con ropa de moda y sus hijos con princesas y caballos blancos. Le inyecté un veneno en su torrente sanguíneo y no despertó jamás. Y qué placer sentí, qué sensación de poder invadió todo mi ser. Vi su alma negra retorciéndose en el aire mientras me miraba desencajada y aterrada. Luego se fue. Simple, ¿verdad? No ocurrió nada más. Aquella misma noche viajé hasta mi amor arrastrada por un sentimiento de vacío. Tomás leía en la cama. Me recosté a su lado y lloré angustiada por la necesidad de tocarle, por la necesidad de que su calvario cesara y no me torturara de aquel modo, porque, ¿sabes, Samuel?, sentía con tal intensidad su dolor que apenas a pocos metros de él la cabeza me estallaba y el aire dejaba de existir. Le susurré una vez más que lo amaba, que jamás le había abandonado. Entonces me di cuenta de que estaba en casa de los Pastrana. ¡Oh, qué idiota era! Sí, yo deseaba ver a Tomás y lo veía, volaba como un pájaro por encima de las nubes y llegaba a su lado. La primera vez fue en su nuevo hogar, pero aquella noche Tomás estaba en el país y me encontré de pronto en su habitación, aquella en la cual habíamos pintado durante horas bajo los gritos de Linda Pastrana suplicando una copa. Los recuerdos me atormentaron. Sentí la voz de Markus al otro lado del pasillo y entonces mi amor comenzó a odiar. Sí, Samuel, noté su rencor, noté que sabía que su padre era el único responsable y que lo odiaba, odiaba a aquel hombre con todas sus fuerzas y deseaba matarlo con sus propias manos. Y yo sentí compasión por mi amor, me acerqué a Tomás y le susurré al oído, suplicando a Dios que llegara de algún modo a su cabeza, que no cometiera esa locura, que en algún momento no muy lejano su padre pagaría toda su podredumbre, que no fuera como él, que no manchara sus manos de sangre porque él era un ángel, era puro, era bueno y todo terminaría para él si así lo hacía. Tomás relajó su rostro, dejó el libro sobre la mesita y apagó la luz. De algún modo, Samuel, mi mensaje llegó a su cabeza. Él había vuelto a casa para acabar con su padre, pero al día siguiente regresó al otro lado del océano sin cometer tal error. En aquel momento me sentí feliz. Tomás sabía, en el fondo de su corazón, que yo no le había abandonado, que no le había cambiado por un fajo de billetes manchado de sangre, y eso me hizo sentir paz por primera vez.

»Samuel —se levantó y se aproximó a la ventana—, tu presencia en aquel callejón, la noche que maté a Coelho, tenía una razón de ser. Lo supe cuando te vi, aunque mis palabras, en la carta que te envié, estuvieran llenas de soberbia y de odio. Cuando maté a aquellos hombres, segundos antes de hacerlo, su cercanía me pudría el alma. Sentía su maldad, tardaba en desprenderme de ella y, del mismo modo, cuando visitaba a mis padres o a Tomás, su bondad y su humanidad me llenaban todos los poros de mi ser y me hacían feliz durante varios días. No sé por qué ni cómo ocurre, solo sabía que tú eras un buen hombre, y que Jeremías Meza lo era. Cuando vi a Álex en tu cocina, aun temiéndome lo peor, también supe que te ayudaría, que te ama, que eres su amigo. Todo lo demás olía a podrido. Nadie, como te dije, estaba libre de las garras de Pastrana».

Me incliné hacia delante y me serví una copa. No fui capaz de decirle una sola palabra. Estaba totalmente desbordado por aquello y convencido de que ella se daba cuenta de ello.

—¿Cómo decirte la verdad? Era todo una locura. Tenía que narrarte mi historia, meter algún detalle necesario para que no resultara sospechoso, para no parecer una loca. Ni siquiera sabía que era capaz de comer, todo eso era nuevo para mí. Mis moléculas formaban órganos, y mi alma hasta pintó las marcas de mi espalda, aunque de modo involuntario, probablemente porque se trataba de un recuerdo demasiado horrible que, aun en esta nueva condición, no se borraba de mi ser. —Suspiró y se giró hacia mí—. Y aun así confiaste en mí, te compadeciste de mí y me ayudaste. El mundo es bueno mientras haya una persona buena en él. No todo está perdido.

—¿Y ahora qué? —pude preguntar, aunque se me quebró la voz.

—Ahora todos sufrirán —dijo con tristeza—. Toda la verdad saldrá a la luz, los padres podrán enterrar a sus hijas, podrán llorarlas, llevarles flores a su tumba, Markus Pastrana morirá en la cárcel...

—¿Y tú? ¿No se supone que tú deberías irte, descansar en paz?

—¿Quién sabe? No lo sé. Creí que esto era como en las películas, que cuando hiciera mi cometido aparecía esa hermosa luz blanca y podría irme, pero sigo aquí.

Avanzó hacia mí, se acuclilló entre mis piernas y me sonrió arrebatadoramente.

—Gracias, Samuel. —Pasó las manos por mis piernas y me acarició las rodillas—. Gracias por todo lo que has hecho por mí, por todo lo que has arriesgado y has sufrido.

Estaba a punto de romper a llorar. ¡Maldita sea! Ella era la princesa de mármol y cristal.

Me besó con docilidad. Sus labios se apoyaron con ternura sobre los míos y una oleada de sensaciones se apoderó de mí. Sentí una energía eléctrica por todo el cuerpo. Se apartó despacio, se incorporó y se acercó a la puerta.

—¿Te volveré a ver?

—Es otra de las cosas que tampoco sé. Quizá cuando llegue ahora a mi casa, la que yo llamo *mi casa*, esa luz refulgente me invite a partir o quizá no.

—¿Y si no la ves? ¿Si no llega? ¿Adónde iras? ¿Qué harás? ¿Y tu miedo a la oscuridad?

—Contigo las almas no gritaban. He dejado de oírlas desde entonces.

—Bichos voladores... —dije en un murmullo solapado—. Esos sueños...

Me sonrió. Creo que fue la sonrisa más hermosa que he visto en toda mi vida. En ese momento pensé que era imposible que no fuera un ángel, porque los ángeles también tenían tareas desagradables que ejecutar, ¿no? Ella quizá era eso, un ángel enviado por Dios para hacer justicia en este mundo de locos.

—Samuel, recuerda lo que te dije en su momento —murmuró—. Recupera a la gente que amas, recupera a tu familia, mañana puede ser tarde. Tú eres un buen hombre, no te mereces estar solo.

Después de esto, se alejó por el pasillo. Oí su fino taconeo sobre la tarima. Se perdió en la oscuridad del fondo hasta la puerta y, tras unos segundos, desapareció sin más.

15

Fueron encontrados restos humanos de quince cuerpos de mujeres jóvenes en la finca Pastrana. Los medios de comunicación, a medida que se filtraba la información, rompían la mormera de la población con espantosos detalles que bien parecían sacados de una novela de terror. Quince muchachas torturadas, violadas y asesinadas en la misma sala donde sufrió su tormento Salomé. Se recopilaron cintas de vídeo con toda clase de vejaciones, abusos y detalles de muchas más violaciones. Se habló en los debates sensacionalistas de «justicia divina», cuando se mencionaba la muerte de los socios de Markus Pastrana; otros estaban seguros de que había sido el mismo empresario que, aterrado por la posible traición de los suyos, los había ejecutado de alguna forma que no dejara rastro alguno en la sangre. Casi acertaron; me reí de todo aquello muchas veces.

Álex eludió todo tipo de conversación sobre el asunto y comenzó a ir a misa los domingos, para mi sorpresa. No quise forzar ninguna conversación con él, sabía de buena mano que mi amigo estaba asustado y desolado por todo lo que había pasado.

Durante varios días, me reuní con el fiscal Jeremías Meza y llegamos a una conclusión: lo más adecuado y sensato era trasmitir a los medios que el escritor y psiquiatra Samuel Ross había estado apoyando al departamento y que, gracias a sus conocimientos e investigaciones, se había conseguido avanzar en todo lo referente al caso. «Salió de debajo de la mesa y me entregó una caja por arte de magia». No era sensato, aunque reí pensando en ese titular muchas veces.

Aquel hombre sabía por lo que yo había pasado, lo que había arriesgado y, como bien dijo Salomé, era bueno en su totalidad. Me hizo partícipe de todos los datos recopilados y me facilitó todo lo necesario para comenzar a escribir mi primer libro sobre el caso. No volvió a preguntarme quién me había entregado aquella caja; creo que, en el fondo de su corazón, algo le decía que no debía preguntar.

Dos meses después de ingresar en prisión, Markus Pastrana fue apuñalado por dos reclusos que cumplían penas de cuarenta años. A los medios llegó poca información. Supe por Meza que, cuando lo encontraron, aún estaba vivo. Tenía doce puñaladas por todo el cuerpo y repetía una y otra vez el nombre de Salomé.

«¿Has sido mala, princesa de cristal? ¿No pudiste contener las ganas de que te viera en sus últimos momentos?».

Tomás Pastrana volvió a la ciudad. Compró una inmensa galería de arte en el centro de la ciudad y la llamó Galería Acosta. Todas las pinturas de Salomé se expusieron en ella, junto a otras muchas de valor incalculable. El dinero recaudado fue cedido en parte a sus padres; otra parte de los beneficios fue destinada a financiar escuelas de arte para jóvenes sin recursos económicos. Más de una vez me vi tentado a pasar por la galería, pero por alguna razón creí que todavía no era el momento.

Escribí mi libro *El caso Pastrana,* basado en los delitos fiscales, el tráfico de armas y la malversación de fondos que habían cometido Pastrana y sus socios. Se agotó a los dos días de salir a la calle. Después de este publiqué *La gran obra de arte.* Las muertes de las muchachas, los horrores que pasaron y sus vidas; también se agotó nada más sacarlo al mercado.

Una tarde me sorprendió el timbre de casa. Nunca tenía visitas, aunque hay que decir que, desde que era tan famoso, mi teléfono sonaba constantemente y los medios me acosaban para conseguir entrevistas y exclusivas. Creo que el que más disfrutaba con todo aquello era Álex; tanto trabajo y dinero le hacían no pensar en todo aquel asunto.

—Señor Ross —dijo un joven mensajero con un paquete inmenso apoyado en el suelo—, firme aquí. Es urgente, para usted.

Arrastré como pude aquel inmenso bloque y me pasé un buen rato desembalando lo que parecía un cuadro. ¡Y qué cierto era! Tenía ante mí el cuadro que Tomás Pastrana había pintado a Salomé en la pequeña cabaña de las montañas tiempo atrás. Tal como ella me había dicho, reflejaba la felicidad en su estado más puro.

«Mi preciosa princesa, fuiste feliz a su lado».

Rebusqué ansioso entre los restos de cartón y me di cuenta de que, detrás del lienzo, había un pequeño sobre pegado con un celo. Lo abrí nervioso, quizá más ansioso que nunca.

Gracias, señor Ross. Creo que este cuadro debería ser suyo.
Cordialmente:

Tomás Pastrana.

Me dejé caer en el sofá y contemplé la imagen de Salomé: sus mechones de pelo sobre los hombros, su gesto sonriente en aquel sofá de colores estridentes, su sonrisa. No recuerdo cuánto tiempo me pasé mirándola.

Colgué aquel precioso cuadro en mitad de mi salón y aquella misma noche Tomás Pastrana llamó a mi puerta. Y sí, lo reconocí al instante, un joven de mirada dulce, bucles castaños, sonrisa honesta y humilde. Me dio la mano enguantada y me sonrió amablemente. Aquella tarde hacía un frío de mil demonios y el joven Pastrana llevaba un abrigo largo de invierno elegante que le hacía quizá mayor de lo que realmente era.

—Señor Ross —dijo—, ¿puedo pasar?

—Por supuesto, hijo.

Le di la mano y le invité a entrar. Nada más hacerlo observó el cuadro de Salomé y profirió una mueca de felicidad.

—Veo que ha recibido mi regalo —murmuró pensativo.

—Es un detalle por tu parte. Permíteme que te tutee —dije—. Eres joven.

—Claro.

Le invité a sentarse y le ofrecí una copa. El joven Pastrana se negó. Lógico, apenas me daba cuenta de que tenía delante a un hombre que había sufrido la ausencia de su madre por el alcohol. Soltó los botones de su abrigo y se sentó. Me observó con curiosidad y ladeó la cabeza en un gesto de serenidad.

—Creí que le gustaría tenerlo. Lo pinté hace tiempo. Es el original, hice una copia para Marisa, una buena amiga de Salomé.

—Es muy hermoso. Te lo agradezco —contesté, me senté torpemente frente a él y le sonreí—. ¿Y tú cómo estás? Es decir, el tema de tu padre, tu madre...

—Bien, señor Ross, bien —afirmó—. Mi madre ha aceptado entrar en un centro, no son muchas horas, pero lo lleva bien; es más... —suspiró y volvió el rostro hacia el cuadro—, lleva mucho tiempo sobria, empieza incluso a interesarse por el arte. ¿Sabe? Ahora suele pasar horas en la galería. Ya sabe, la galería Acosta.

Nos miramos los dos durante unos segundos. Tomás me observaba minuciosamente y creo que esa misma sensación era la que yo le trasmitía a él.

—Me alegro, Tomás —dije rompiendo el silencio—. Has pasado por un infierno.

—Mi madre es una buena mujer, los programas sensacionalistas no han sido muy compasivos con ella.

—Te entiendo.

—Señor Ross —dijo—, voy a tirar abajo la casa Pastrana. No quiero que ese bloque de mármol siga en pie. Se han cometido demasiadas atrocidades allí. Venderé esa finca limpia, construiré otra casa para mi madre en el otro extremo de la ciudad. Ella debe comenzar de nuevo lejos de ese infierno.

—Me parece algo muy acertado.

Soltó una suave carcajada y pareció acomodarse más en el sillón.

—¿Sabe? —dijo—. Ni siquiera sé por qué le cuento todo esto. Nunca le he visto en mi vida y sin embargo... usted me escucha con gran atención.

Sentí una sensación extraña en su mirada. Me contempló de soslayo y le sonreí.

—Bueno, estoy acostumbrado a escuchar.

Barajé la clara posibilidad de que Linda le hubiera contado que yo había sido la persona que entró en el jardín aquella tarde. Barajé en centésimas de segundo las mil razones que podía darle. No valía ninguna. Era ridículo. Luego pensé que quizá Linda no se acordara siquiera de mi cara por la dosis de pastillas que llevaba encima. Es más, lo supliqué.

—Siento a Salomé cada segundo de mi vida —prosiguió—, cada día, cada noche. El día que regresé de mi viaje y me dijeron que se había ido supe que algo horrible le había pasado. Mi padre no podía soportar la idea de que yo formara mi familia y dejara sus negocios, señor Ross. Le pudo la soberbia, su degeneración. Aunque, si le soy sincero del todo, durante un tiempo tuve la esperanza de que sí se hubiera ido. Recé porque fuera así, aunque ese pensamiento me partía el corazón.

Se levantó del sillón y dirigió una última mirada al cuadro.

—¿Vendrá por la galería, señor Ross?

Me incorporé y me acerqué a él.

—Por supuesto, Tomás. Intento que pase toda esta locura para poder hacer un poco de vida normal, ya me entiendes.

—Claro. No deje de venir, es hermosa. Los cuadros de Salomé son realmente maravillosos. Perderse su arte es perder parte de la belleza de la vida.

—Estaré encantado de ir a verte. Espero no perder el contacto contigo.

Nos miramos. Me sonrió una vez más con una humanidad cautivadora. Se aproximó a la puerta y le seguí. Aún advertía esa sensación extraña del que calla algo. Gracioso cuando el que más callaba era yo.

—Seguro que no perderemos el contacto —afirmó. Se paró en el pasillo y miró hacia la escalera—. Señor Ross, ¿puedo hacerle una pregunta?

—Claro.

—¿Cree usted en la otra vida? —Me miraba fijamente y mantenía la mano apoyada en el pomo de la puerta.

Exhalé profundamente y apreté los labios con firmeza.

—Totalmente, Tomás. Totalmente.

No necesitamos decirnos nada más. Tomás Pastrana asintió con la cabeza y volvió a sonreír con su habitual afecto.

—Lo suponía —dijo riendo—. Lo suponía...

Nos dimos la mano con firmeza. Salió a la calle y bajó las escaleras.

—Hasta pronto, señor Ross —dijo—. Le espero en la galería.

—Allí nos veremos —contesté.

16

Salomé me cambió la vida, y no solamente por el hecho de hacerme rico. En realidad nunca he basado mi vida en la riqueza ni la fama, sino en la satisfacción personal con respecto a mi trabajo. Recuperé la relación con mi familia, mis padres, mis dos hermanos y algún que otro primo. Nunca había ocurrido nada, solo estaba siempre demasiado ocupado para todo el mundo y ellos con el tiempo dejaron de llamar. Incluso visité alguna vez la iglesia de San Nicolás con mi madre. Ella volvió a explicar sus maravillosos lienzos y yo, treinta años después, tampoco me enteré de mucho, para qué mentir, pero allí estaba. Y Rita... Bueno, Rita volvió a darme una oportunidad. Creo que yo también se la di a ella o, para ser más exacto, me la di a mí mismo. No sé si con el tiempo seré un buen padre, pero lo que tengo claro es que ahora quizá sí haya llegado nuestro momento, después de todo.

Me pasé muchos días con sus noches pensando en Salomé, en la posibilidad de que un día traspasara la verja de mi casa con su eterno aire romántico, su falda, su pañuelito anudado al cuello y su belleza. Incluso llegué a pensar que no tardaría en darme uno de sus sustos, provocándome un infarto cuando entrara en mi salón o incluso en el despacho y la viera sentada en su pequeña butaca, pues esa butaca ya era suya. No fue así. Pensé en la luz y esperé, quizá, que hubiera partido.

Una tarde, llegué cargado con la suficiente pintura y barniz para terminar un pequeño trabajo de restauración en una mesa antigua que había comprado en uno de esos mercadillos domingueros. Había parado en los grandes almacenes y me dispuse a lijar la mesa con mi eterna copa de vino tinto y la música de fondo de mi pequeña radio con auriculares. Me gustaba llevar una radio siempre conmigo. Solía sintonizar una emisora llamada Música de Siempre y siempre ponían alguna canción que me recordaba a mi juventud rebelde. Aquella tarde no fue menos: la canción *Sympathy for the Devil* de los Rolling Stones me provocó un escalofrío por el cuerpo. Sí, la había escuchado cientos de veces. Era un tema musical que me apasionaba. Mientras lijaba la mesa, encendí el televisor sin sonido y continué tarareando la canción: «Pleased to meet you, hope you guess my name. But what's puzzling you, is the nature of my game[1]...».

Me reí, clavé la vista en la pantalla de plasma y una imagen me llamó la atención. Me quité uno de los auriculares, elevé el volumen y fijé la atención en lo que veía: en una especie de campo en los límites de una granja repleta de caballos, cerdos y demás animales, habían encontrado el cadáver de un hombre. El cuerpo, bajo una manta plateada mal colocada, estaba en una posición un tanto esperpéntica; una pierna flexionada que asomaba por un lado, un brazo fracturado como si fuera un pelele. Los agentes se apresuraron a tapar los detalles dantescos mientras un grupo de lugareños y varios periodistas comenzaban a acercarse en torno al perímetro.

—Vamos a intentar —decía un joven reportero— hablar con alguno de los vecinos de este hombre, que, como les estamos contando, ha aparecido muerto esta mañana en su casa de este apacible pueblo. Creemos que se precipitó al vacío —señaló el tejado de la casa—, desde este mismo tejado que ven detrás de mí. Fuentes cercanas nos ase-

---

1. «Encantado de conocerte, espero que sepas mi nombre, pero lo que te desconcierta es la naturaleza de mi juego...».

guran que recientemente el señor Ramírez reparaba el tejado de su casa, pero no se descarta el suicidio. Les recordamos que el fallecido estaba siendo investigado por su participación en una red de pedófilos —se giró bruscamente y se dirigió a una joven—. ¡Señorita! —gritó—. ¡Señorita, por favor! ¿Usted conocía a la víctima? ¿Es vecina de la familia? ¿Nos puede decir algo?

La muchacha, de trenzas rubias, camisa de algodón y pantalones vaqueros cortos, se giró sonriente, saludó a la cámara e hizo una pompa de chicle que estalló estridentemente casi en la cara del reportero.

—¡Oh, claro que sí! —dijo—. No era un buen hombre.

No me lo podía creer. Solté la lija y me pegué al televisor. ¡Era Salomé! Salomé con trenzas rubias, mejillas sonrosadas, botas altas y una sonrisa inocente de niña de pueblo que no sabe nada.

—¿Cree que se precipitó, que resbaló, o cree que se suicidó? —continuó el reportero.

—Estaría borracho. —Levantó la mano y saludó una vez más—. ¿Sabe, amigo? Ese tejado es muy resbaladizo, siempre le dijeron que no arreglara solo ese tejado.

Me latía por decimoquinta vez el corazón a doscientos. ¡Estaba alucinando!

—Gracias, señorita —dijo el joven—. ¿Quiere saludar?

—¡Claro! —exclamó—. ¿Puedo?

Agarró el micrófono con ansia masticando el chicle desaforadamente. Se movió ansiosa y sonrió a la cámara.

«¡Oh, nena, qué bien haces tu papel!».

—Samuel —dijo—, ¡te amo! ¿Y tú? ¿Ya me amas tanto como yo a ti?

Sonrió. Le entregó el micrófono al reportero y se apartó de la visión de la cámara. Me dejé caer en el sillón totalmente conmocionado. Cogí mi copa de vino y la levanté con humor.

—Con toda mi alma, Salomé —murmuré—. Con toda mi alma.

El periodista siguió hablando. No le escuché. Me coloqué el casco en la oreja y seguí la melodía de mis Rolling Stones. Pude ver la imagen de Salomé alejarse por detrás de la algarabía, las manos en los bolsillos de su pantalón vaquero y sus trenzas rubias cabalgándole la espalda. No pude contener una carcajada. Es más, todavía me río de aquel momento. La sentí, del mismo modo que Tomás la sintió, estoy seguro, durante mucho tiempo. Incluso creí verla alguna vez detrás de la gente que se apelotonaba cuando algún desalmado aparecía muerto accidentalmente o fallecía repentinamente por un infarto. Ella estaba en cada una de aquellas noticias, en cada uno de los titulares que salían en la prensa. Yo lo sabía. Sabía con total certeza que, detrás de aquella «casualidad justa», había la firma de mi princesa de mármol y cristal.

Y sí, como bien dijo ella, esta historia solo puede terminar de una manera: ella los mató, aún sigue haciéndolo; pero, ¿saben?, es una buena persona.

¿TE GUSTÓ
ESTE LIBRO?

**escríbenos y
cuéntanos tu opinión en**

f /Sellotitania **🐦** /@Titania_ed

📷 /titania.ed

#SíSoyRomántica

ECOSISTEMA DIGITAL

NUESTRO PUNTO DE ENCUENTRO

www.edicionesurano.com

2 AMABOOK
Disfruta de tu rincón de lectura
y accede a todas nuestras **novedades**
en modo compra.
www.amabook.com

3 SUSCRIBOOKS
El límite lo pones tú,
lectura sin freno,
en modo suscripción.
www.suscribooks.com

DISFRUTA DE 1 MES
DE LECTURA GRATIS

1 REDES SOCIALES:
Amplio abanico
de redes para que
participes activamente.

4 APPS Y DESCARGAS
Apps que te
permitirán leer e
interactuar con
otros lectores.